CUADRANTE LAS PLANAS

En noviembre de 2009, un jurado integrado por Juan Marsé, en calidad de presidente, Almudena Grandes, Jorge Edwards, Élmer Mendoza y Beatriz de Moura declaró esta obra de Willy Uribe finalista del V Premio Tusquets Editores de Novela.

colección andanzas

WILLY URIBE
CUADRANTE LAS PLANAS

1.ª edición: abril de 2010

© Willy Uribe, 2010

Diseño de la colección: Guillemot-Navares
Reservados todos los derechos de esta edición para
Tusquets Editores, S.A. - Cesare Cantù, 8 - 08023 Barcelona
www.tusquetseditores.com
ISBN: 978-84-8383-231-8
Depósito legal: B. 10.949-2010
Fotocomposición: Anglofort, S.A.
Impresión: Limpergraf, S.L. - Mogoda, 29-31 - 08210 Barberà del Vallès
Encuadernación: Reinbook
Impreso en España

Índice

A Lore y Alex por el espacio,
a la ciudad de Zadar por el refugio

¿Qué isla es esta, triste y negra? Y nos dicen:
es Citera, el país famoso de las canciones,
el Eldorado trivial de todos los solterones.
Mirad, sólo se ve una tierra pobre.

Charles Baudelaire, «Un viaje a Citera»,
Las flores del mal

Primera parte
Los cruces y los perros

Lo recuerdo grande y oscuro tras la mesa de su despacho en Santa Clara, pero su nombre se me perdía entre muchos otros que fueron y vinieron mientras yo naufragaba en las aguas del Nervión. Supe que podía buscarme un escondrijo y que no me pediría el pasaporte, eso era todo lo que necesitaba. Había escapado de Bilbao y me vendría de perlas una temporada por los márgenes. En todo caso, allí estaba aquel hombre, faltando a su palabra. Dijo que podía estar en La Coquita dos años, si no se caía antes a pedazos. Cuando volvió, al cabo de año y medio, vio que estaba bien instalado. Una ventana, una puerta, dos sillas, una mesa y una cama. Allí estaba el rincón de la cocina, con el fogón limpio y la tina con agua fresca, y después el resto. El tiro de la chimenea limpio. Incluso leña. Preguntó por ella. Era raro verla por allí.

—¿De dónde la has sacado?

—Pasó un carro cargado. Se la cambié por dos conejos.

—¿Tienes conejos?

—Los cazo.

Tenía ojos como sartenes. Las legañas parecían restos de tortilla. Tras año y medio había olvidado su nombre, si es que alguna vez me lo dijo. Vivía en Santa Clara y olía a complicaciones de la cabeza a los pies.

—En Las Planas no hay conejos.

—Tampoco leña —le dije—. Y ya ve.

Señalé los troncos junto a la chimenea y sonreí de felicidad. Si alguien se jacta de conocer el frío que pase por La Coquita para estrechar la relación.

—Ni conejos ni leña ni nada. Por aquí sólo quedan locos como tú.

¿Era su casa o la mía? Si era suya, cabía pensar que tenía derecho a insultarme, pero si La Coquita era mía, entonces él no actuaba de la manera correcta.

—¿Sabes cuánta gente vive en un radio de veinte kilómetros a la redonda?

El peor mes era septiembre. La tierra estaba tan idiotizada por el jodido invierno que el puro aire se congelaba, cansado de sobrevolar una tierra estática. Cualquier tipo de leña que pudiera almacenar era una lotería. Le había escuchado, sí. Pero es difícil prestar atención a un tipo que te insulta a la cara y al que ves como un compacto y seco pedazo de madera. No recordar su nombre era peor.

—Dos viejas y un tonto en Arroyo, una familia de ladrones en Mirandel y tú en La Coquita. Un loco.

¿Puede alguien introducir razonamientos existenciales y de índole personal en el cerebro de un leño? Le dije que cualquier lugar resultaba interesante si uno se encuentra en plena forma. Seguido le expliqué que mi plena forma era en soledad.

—¿Has arreglado la casa tú solo?

Cuatro paredes, el tejado a cuatro aguas y la puerta y la ventana orientadas al norte, hacia la teta de tierra. Una mesa y dos sillas. No le invité a sentarse, pero lo hizo.

—¿Tienes algo para beber?

No puedes beber en tu casa con alguien que no sabes cómo se llama. Y eso, por mi parte, permaneció del mismo modo. Él sí me preguntó mi nombre. Dijo que no lo recordaba.

—Sera —respondí.

—¿Y los apellidos? Los españoles usáis dos.

—Idókiliz Gandiaga.

—¿Vasco?

—Gallego.

—No tienes el acento.

Se recostó en la silla. Había hecho un viaje muy largo desde la ciudad, pero en un coche como el suyo se llevaba mejor. Tal vez paró en algún motel del camino, por Peralta, quién sabe. Yo jamás había estado allí, pero sabía que Peralta estaba por alguna parte en aquellas planicies, lo mismo que Hierros, El Crucero o Arual. Nada me decían, tan sólo estaban en algún lado y era poco probable que me acercara a ellos a no ser que aquel hombre se empeñara. Su cabeza y su apariencia eran como la de una bola de acero cubierta con una ligera película de grasa. O mejor aún, la de un tronco para echar a la chimenea en las noches de invierno, cuando el espacio sideral se abalanzaba sobre Las Planas para congelarlas con su aliento.

—¿Nada de beber? ¿No tienes fude?

—Lo siento.

—¿Y agua, al menos?

—Disculpe. Agua sí, pensé que...

—Mejor no pienses nada.

En verano recogía el agua en el manantial, a dos kilómetros de La Coquita. Hacía el paseo cada dos días. En invierno me las ingeniaba con el hielo. Era mi venganza. Lo descongelaba y lo devoraba. Le serví un vaso. Lo alzó y lo puso a contraluz. Mil muescas. Ni un solo germen. Pero los gérmenes no se ven y las muescas sí.

—Necesitas una mujer y que te venga con un camión lleno de cosas. La civilización, amigo. Tú ya sabes lo que es, procura no olvidarla o te meterán en una reserva.

Aquel maromo con ojos como paellas me sorprendía. No sabía que en la civilización los cerdos estudiaban filosofía.

—Hay una persona que también quiere esconderse y me paga el triple que tú. Vas a tener que largarte.

Me recuerdo recostado contra la pared exterior de la casa. Sentado en el suelo bebo un vaso de agua. El vaso tiene muescas, puede que también algún germen. Y es que volvían, los gérmenes. Lo hacían de golpe y yo era incapaz de rechazarlos.

18

—No son gérmenes. Es esquizofrenia —me dijo un día mi hermano.

El primer síntoma de la presencia de los gérmenes fue el ruido de su coche. Lo escuché antes de verlo. Después aparcó, bajó y el motor quedó al ralentí. Durante toda su estancia allí el motor permaneció trabajando. Sonó primero lejano, después molesto, más tarde atosigante. Le dije que lo apagara, pero no hizo caso. Dijo que mi nombre era extraño, que le faltaba algo. No le contesté, sin embargo volví a pedirle que apagara el motor. Nos buscamos la mirada y él la retiró. Él perdía. El coche continuaba rumiando. No había un motivo aparente que le impidiera levantarse, salir al exterior y apagar el motor. Fue entonces cuando dijo que tenía que largarme de La Coquita.

A mi familia le faltaban sílabas. Mi padre fue Estanis y mi madre Loren. El *lao* y el *za* se lo dejaron por el camino, sólo para los documentos oficiales. Yo era Sera, sin *fin*. En Bilbao había clientes que lo pronunciaban con equis. Decían: Xera, dos punta fina azules y una carpeta de gomas... Xera, cóbrame... ¿Qué tal tu aita, Xera?... Suena diferente. Xera con equis y Sera con ese. En el colegio, en cambio, me llamaban Finito. Y se descojonaban. Pero lo peor de todo fue que nunca tuve valor para liarme a sopapos. Mi hermano decía que era muy probable que ahí empezaran mis problemas, en negar mi verdadero nombre al aceptar un concentrado sin sentido.

—Idókiliz Gandiaga. Es curioso, creo que es la segunda vez que escucho esos apellidos. La verdad es que estoy hecho un pequeño lío. Hay alguien que anda buscándote. Es como si además de haberte escondido también tuviera que sacarte a la luz. Recoge tus cosas y lárgate, eres demasiado extraño.

Siempre existe la posibilidad de que te encuentren. Cuando eso ocurre es difícil disimular lo mucho que incomoda.

—Le pagué por adelantado. Dos años —le contesté.

El ruido del motor seguía haciendo añicos el maravilloso día que había comenzado con el sol sobre las planicies del este, continuó con el sol sobre las planicies del sur y acababa, podrido del todo, sobre las planicies del oeste. El motor soltaba sus erres frente a un atardecer que se pringaba de colores. Sólo al norte, en medio de las planicies del norte, se levantaba una teta de tierra. Allí estaba el manantial y un grupo de arbustos a los que el viento castraba de continuo.

—No tengo que darte ninguna explicación. Lo único que te queda es largarte cagando leches. ¿No lo decís así en tu país?

De pronto cesó el ruido. Me había acercado al vehículo y había apagado el motor. El silencio era fenomenal. Ni un alma en kilómetros, ni un conejo dormido pero todos expectantes. El anochecer es la hora de los perros. Había algunos por la zona. Hacía año y medio, poco antes de mi llegada a Las Planas, se comieron a dos de los niños de Mirandel. El caso es que tenía las llaves del coche en mi mano y avanzaba hacia el hombre. Dio dos pasos hacia atrás, empuñó una silla y la alzó sobre su cabeza. Era muy lento. Su barriga apareció ante mí con la fragilidad de una ballena varada en la orilla. Pude golpear a placer aquella panza, pero no lo hice. Yo sólo quería devolverle las llaves y decirle que mejor así, en silencio, para discutir lo que hiciera falta. Mantuvo la silla en alto durante unos segundos y después intentó aplastarme con ella. Sus movimientos eran torpes. Esquivé el golpe y salí de la casa. El hombre me seguía.

—Dame las llaves, cabrón. ¿Qué crees que estás haciendo?

Corrí para alejarme de él. En cuanto la distancia fue suficiente me detuve. Trotaba como un buey, a pasitos cortos, hasta que se detuvo. Dobló la espalda y apoyó las manos en las rodillas. Estábamos a una distancia de unos cincuenta metros y escuchaba sus jadeos con claridad. En cuanto recuperó el aliento volvió a perseguirme, pero al cabo de muy pocos metros se detuvo de nuevo. Le sobraban kilos, desde luego, pero no como para flojear de ese modo. Se sentó sobre la tierra, más bien se desplomó. Respiraba con mucha dificultad y alzó una mano hacia mí. Un asmático, pensé. Tal vez imploraba por su inhalador. Pero no se me iba a ocurrir acercarme para que me lo dijera al oído. Si su voz apenas era un hilo, sus manos aún podían ser peligrosas. Su boca se abría hasta romperse y sus pulmones parecían hincharse, pero dentro de ellos no había más aire que el que cabe en una pompa de jabón. Murió en menos de un minuto. Cuando revisé sus cosas no encontré ningún inhalador. Entonces pensé en un infarto, o en un millón de gérmenes trabajando en equipo. El caso es que yo no había tenido nada que ver. Así me lo juré unas cuantas veces frente a su cadáver, minutos antes de irme a dormir.

Los perros se dieron un festín. Esa noche escuché sus peleas ante ciento diez kilos de carne, grasa y huesos, algún músculo también. Por la mañana sólo quedaban una mancha de sangre que había empapado la tierra y un atajo de ropa destrozada a dentelladas. Me senté apoyado en la pared de la casa y contemplé el escenario. Pensé en la dificultad de que el fulano concibiera una muerte como la que tuvo. Sin duda fue un contratiempo. No que muriera, sino que lo hiciera en mi casa, que era suya, o lo fue, porque ya nada de este mundo le pertenecía. En la ciudad los perros van por libre y con collar, mientras que en Las Planas juegan a montar grupos paramilitares. Eran la hostia los perros que rondaban La Coquita, Arroyo y Mirandel. Conocían el sabor del hombre y lo tenían en gran estima; buena y abundante proteína, excelente tuétano y un corazón con un punto de amargura.

Estuve mucho tiempo sentado. Por las planicies del

sur, a la distancia de un tiro de mortero, comenzaron a amontonarse los cúmulos. En la base eran negros, sin matices, pero sus cimas parecían níveas cúpulas vaticanas repletas de ángeles que me contemplaban divertidos. Sólo era un puntito en la inmensidad, pero ellos lo sabían todo de mí. Yo, en cambio, suspiré por un desintegrador de ángeles.

—Ni ángeles ni gérmenes, hermanito. Tu cerebro, que está enfermo, con las neuronas apretujadas y funcionando en cámara lenta.

Cuando el sol alcanzó el mediodía, las nubes se lo tragaron y comenzó a llover. Alguien había rellenado las gotas con plomo. Eran grandes como globos, estallaban sobre la tierra y la inundaban. Saqué la tina y en diez minutos se llenó hasta el borde. Después me acerqué hacia el trozo de tierra empapado en sangre y me arrodillé. Su funeral. El del fulano, porque murió sin que supiera su nombre. Antes de quemarlas, eché un vistazo a lo que quedó de sus ropas y no encontré cartera alguna. Imaginé que sería de cuero y que se la comería algún chucho, pero ya qué importaba. Seguido me fijé en el coche. Tan grande y tan amarillo. Pensé que iba a ser difícil hacer desaparecer una bombilla de ese calibre.

Primero alguien fue hacia un lado y después hacia otro, luego otro tipo fue hacia allí para más tarde dirigirse hacia allá. Con el tiempo se perdieron y de la pérdida sobrevino un cruce de caminos. Después otros tipos circularon por la zona, puede que igual de perdidos o puede que no, el caso es que los caminos se convirtieron en pistas y el cruce se convirtió en un lugar de referencia cuando algunos de esos tipos se encontraban en medio de las planicies. Más adelante, al cruce lo llamaron La Coquita. No sé el motivo. No hay nada que haga pensar en una coquita, ni siquiera sé si esa palabra existe. Mirandel y Arroyo tienen un origen idéntico a La Coquita, pero ni en Mirandel hay nada para ser mirado ni por Arroyo cruza arroyo alguno. Entonces se me ocurrió cambiarle el nombre. La Bombilla, pensé, mirando el coche, grande y amarillo, mientras a su lado, donde al fulano se lo comieron los perros, ya había crecido un grueso matojo de cardos. ¿Dónde podría esconder un coche de esas características? Tan grande y estúpido. Tendría que hacerlo algún día. O irme con él. Cavar un agujero lo descartaba. Irme con él me parecía más divertido, sin duda. Llevaba el ritmo de un hongo en el planeta Nada.

—No te escondas. Vuelve a Bilbao, échale huevos y acaba lo que empezaste. Y si no, muérete en tu caracola, por favor.

A mi hermano le gustaba incidir sobre la sílaba que le faltaba a mi nombre, ese tipo de fonemas que te marcan hasta el final. Algo tan claro, con tanta simbología, tan demagógico, tan poco sutil, que no podía escapar a ello.

—Con tanta alma y tanto corazón, ayudar al prójimo y no creer en Dios o en un partido político es un desperdicio para el santoral. Y un enorme desperdicio para una ciudad como Bilbao, siempre ávida de personajes ilustres. Sería bueno para la ciudad que se te reconociera, hermanito. Si es que las cosas cambian por allí alguna vez. Imagínatelo: un día de la Semana Grande en tu honor, además de alguna plaza o calle de las nuevas. Nada menos se merece alguien que fue capaz de enseñar la polla a medio planeta. Esa puta foto es un icono, ¿sabes? O lo será algún día, en otro tiempo. La despojarán de cualquier compromiso y será vendida junto al careto del Che en los tenderetes del mundo entero. Bob Marley, el Che y el Cristo del Arenal, la trilogía de los sueños rotos.

Gorda se luce, flaca desluce..., tenéis tiempo, es una adivinanza. Ayer volví de Mirandel con comida. El patriarca de aquel circo de enanos tiene un bigote exagerado, como corresponde a un domador de chinches. Le pregunté por los perros y me dijo que no los sentía desde hacía días.

—Le he conseguido orujo. A todos los gallegos les gusta, pero no le digo que será barato.

—No quiero orujo.

—Le puedo vender marihuana. Tampoco será barato, ya sabe cómo se vive por aquí.

Le dije que tampoco quería marihuana, pero que

si disponía de orujo y de marihuana, no se vivía tan mal en Mirandel. Al menos él, porque sus hijos iban todos dando saltos en pelotas. Después regresé a La Coquita con una tranquilidad sorprendente, cubriendo los veinte kilómetros en unas seis horas de agradable paseo. Al llegar observé el coche. No iba a desintegrarse por sí mismo, pero tampoco iba a salir corriendo. Además, tapaba el viento a los cardos, que crecían bien tiernos sobre el fulano. Entonces me pregunté por primera vez, gilipollas de mí, por qué nadie había venido aún a buscarle. Volví la cabeza y contemplé el coche como lo que era, un problema. Nadie iba a creerse que aquel tipo murió de un ataque al corazón o de asma, a saber, ni que después se lo comieron los perros. No si el vehículo continuaba allí. Un faro con forma de dedo y señalándome. La idea de montarme en él, tirar hacia el sur y esperar a que el coche se evaporara de algún modo, lejos de La Coquita, ganó enteros. También estaba la de cavar un agujero para enterrarlo, pero realmente me daba pereza ponerme a ello. Incluso tendría que buscar un pico y una pala en Mirandel o en Arroyo, y siempre quedan sospechas cuando alguien como yo, tan raro para ellos, llega desde La Coquita en busca de un pico y una pala.

Decidí que en cuanto los cardos estuvieran a punto me daría un festín con ellos y después me largaría hacia el sur. Aún era verano. Cuando el invierno comenzara a enseñar sus malas intenciones volvería a La Coquita para helarme menos. Unos grados de latitud hacia el ecuador siempre ayudan, aunque sean milésimas. Supuse que, para cuando regresara, nadie me preguntaría ya por el fulano, que andarían buscándole por otros lugares.

Después de creado el cruce de pistas, alguien, tal vez uno de los que andaban por allí de un lado a otro, o algún funcionario de la ciudad, decidió que aquel era un buen lugar para edificar uno de los enclaves que el gobierno planeaba para colonizar el cuadrante Las Planas. Llegaron unos operarios y parcelaron las tierras cercanas al cruce. Después se pusieron a la venta a un precio ridículo, aunque puede que en realidad fuera excesivamente caro, porque sólo se vendió una parcela en La Coquita. Y la compró el padre del fulano que se empeñaba en abonar los cardos. Él me lo contó en su despacho, cuando llegué a Santa Clara y le pregunté por algún lugar donde perderme un tiempo. Hablaba mucho y preguntaba poco. Conmigo le bastaba saber que necesitaba esconderme a fondo y que le pagaría por ello. Al nuevo pueblo de ningún habitante y una sola casa, porque el padre del fulano se limitó a levantar el edificio en señal de posesión y después regresó a la ciudad, le pusieron el nombre administrativo de K. 120, que podrían ser los kilómetros que median entre algún punto geográfico y este cruce. Ante un nombre tan exótico, los pocos que conocían el lugar continuaron con el tradicional de La Coquita. La casa tomó el mismo nombre, no podía ser de otro modo. Se encontraba a veintitrés pasos del cruce. Era de cemento y en un principio su fachada estuvo pintada de azul claro, lo que la haría destacar en un paisaje donde los cielos acostumbran a desfilar de gris. También tuvo un porche, pero algún vendaval de paso se lo llevó enganchado en las mandíbulas. El tejado permaneció porque no tenía alero alguno. En realidad, el tejado era lo mejor de la casa. A cuatro aguas y con una sólida chapa de zinc remachada a unas vigas hermosas y bien trenzadas entre sí. Puede decirse que el tejado salvó a la casa. Después llegué yo e hice un buen trabajo. Eso nadie me lo va a negar. Con ayuda de los de Mirandel, claro, no lo olvido, lo suyo me costó.

—¿Poeta?

—En busca de inspiración. Sera Idókiliz. ¿No me ha leído? Lástima, me dejé los libros al marchar de Bilbao.

—Tal vez las viejas de Arroyo. Ellas sí leen.

Sin aquel tejado la casa sería ahora un muro rodeado de cascotes. Era una garantía sólida. Confiaba en él. Podría largarme al sur y volver al cabo de un par de meses con la seguridad de que La Coquita estaría intacta. Y los cardos excelentes. Los comí albardados. En La Coquita tenía hasta huevos. Volví la vista unos segundos y le dije hasta pronto. Encendí las luces y el motor de aquel animal dorado y me dirigí hacia el sur.

La luna. La respuesta es la luna. Sigo teniendo el tiempo a mi disposición. Si quiero me detengo, si lo deseo duermo.

—Puedo inventarme otra adivinanza, hermanito. Todo lo que pasamos azuza el ingenio. Lo de Bilbao, lo de Edurne, sí, ¿qué iba a ser? ¿Qué otra pasamos que nos jodiera la vida de este modo?

Y ahora conduzco de nuevo, entre escalofríos de mal agüero. Llevo una hora haciéndolo y el paisaje no ha cambiado un matojo. En un lodazal manché el vehículo. Lástima que no se hundiera, como en esas pelis de Errol Flynn que va por África y de pronto se lo come una arena movediza y a tomar por culo la película, ya no besará a Kathleen Turner, ni volverá a vestirse de Lawrence de Arabia, ni beberá bourbon en su yate junto al Gordo y el Flaco, ni visitará en Casablanca a su amigo Sam.

Continué conduciendo. Siempre hacia las planicies del sur. Le di al casete de nuevo. Está bien, me dije, escucharé los tangos ahora. El fulano no tenía otra cosa. Al cabo de unos segundos, sorprendido, detuve el vehículo para escuchar las letras de esas letanías... *viviendo sin querer vivir busca la paz del morir...* Una mina los tangos aquellos. No habría un solo problema en este planeta si todo el mundo escuchara tangos, ni un espacio libre al pie de los acantilados, ni una soga sin cuello. Pura asepsia, los tangos. Bajé del coche. La música se desbordaba a mi alrededor. Abrí el maletero, pero no había cuerdas. Estudié el paisaje. Aunque fuera noche cerrada sabía que por allí no encontraría acantilados. ¿Cómo se suicidan por aquí? Acantilado es un concepto revolucionario para Las Planas. Tendría que preguntar al patriarca de Mirandel. Acercarme allí al volver del sur, antes de encerrarme en La Coquita para driblar al invierno.

—¿Preguntó alguien por mí?

—Preguntaron por un hombre en un todoterreno amarillo. Les mandé a La Coquita y a Arroyo.

—¿Y?

—Se volvieron de igual modo. Creo que no vuelven. ¿Me debes una?

... Pena de tener que recordar, sueño del pasado que me acusa... Llegaría al sur y después giraría hacia la costa. ¿Cuánto más al sur? Una cantidad razonable de pensamientos. Porque no hacía otra cosa que pensar. Podía dormirme pensando, abandonar la pista, seguir kilómetros sin despertar y perderme del todo.

Paré en cualquier lugar. En el cuadrante Las Planas no hay lugares mejores o peores. Me alejé unos metros y contemplé el vehículo. Tras él, una polvareda se elevaba al cielo al mismo tiempo que avanzaba hacia mí. Pensé en perros. De cualquier clase y en dirección este oeste. Tal vez si permaneciera inmóvil pasaría por un matojo más. Pero aquel coche era aún demasiado amarillo y demasiado grande. Necesitaba un carrocero.

—No hay colores que valgan, hermanito. La furia o la pereza la llevamos aquí dentro. —Y en vez de la cabeza, señaló el corazón—. Pero en cuanto a ti, amigo, lo que huelo es desconcierto.

La polvareda se desplazaba con rapidez. La vi pasar a unos diez kilómetros al norte y continuar hacia el oeste. Un matojo, eso es lo que era, y así esperé un par de horas. En silencio, sentado sobre la tierra. Todo un Buda, de haberme quedado en calzoncillos. Un hombre sabio que ha decidido no mover un dedo y que antes ha colocado una escudilla para que el gentío se la llene de arroz, o pan de arroz, o sopa de arroz. Es sabio el arroz, más que Buda, aprieta el intestino y reduce la emisión de mierda.

—¿Existe alguna razón que explique lo que hiciste? ¿Guardaste las noticias publicadas sobre tu gesta? ¿Las tienes archivadas en una carpeta, con su fecha correspondiente? ¿Sirvió para algo?

Cuando me puse al volante, sin llegar a arrancar, vi otra vez la nube de polvo. Parecía que regresaba del oeste y que avanzaba hacia el norte. Pasaría lejos de mí. Aun así, desistí de emprender la marcha y volví a convertirme en un matojo. Esperé a que se echara la noche. Encendí los focos y di chispa. De noche por las planicies, escuchando tangos y soportándolos durante tan poco tiempo.

—Imagina que..., ¿estás ahí, hermanito? Imagina que coges mi juguete favorito y lo destrozas. No tienes motivo alguno pero lo haces. Es fácil de imaginar sabiendo que así ocurrió todo, que aquel juguete se llamaba *paso de todo* y tú lo descojonaste. ¿Nunca te preguntaste cuál era el tipo de paz que yo quería?

Los focos del vehículo ya habían alumbrado unas decenas de kilómetros cuando la pista se cruzó con una línea de ferrocarril abandonada. Un cruce perfecto en su desolación. La pista norte sur y el ferrocarril este oeste. ¿Un nombre para este lugar? Lo pensé durante unos minutos, pero fue inútil. Al final bauticé al lugar como Lugar. Si uno lo repite veinte veces acaba sonando muy eslavo. Como si algún ruso blanco llegara aquí hace cien años y levantara una granjita para criar matojos y cardos, y luego pasara una tormenta y lo dejara todo pelado; ni ruso blanco, ni granjita, ni nada. Pero el lugar continuó llamándose Lugar, porque somos los hombres quienes manejamos la toponimia y yo era el primero por aquella zona desde que al ruso blanco, tal vez llamado Yaroslav, lo borrara el viento. Continué conduciendo hasta perder la pista. Me sentí tan cansado que el coche continuó por su cuenta campo a través. Hasta que él también se cansó y ambos nos quedamos dormidos en medio de las planicies.

Me despertó el graznido de un cuervo. Estaba posado en el capó del coche y cuando observó que le observaba desplegó sus alas para parecer un buitre. El pobre. Arranqué el motor y dio un brinco, pero no huyó. *Soy un buitre testarudo*, debió de pensar, *y te lo demostraré hozando en tus vísceras cuando se te acabe la gasolina y tengas que tirar hacia delante tú solo. Primero los perros, después yo.* Agitó sus alas y me dio pena. Seguido presioné la bocina y salió espantado, desplumado, porque en su huida una pluma de la cola quedó flotando en el aire. Salí corriendo y logré capturarla antes de que aterrizara. Todo un símbolo, quise pensar. A nuestro padre le gustaban un montón. Veía símbolos en todas partes. El bueno de Estanis Idókiliz Freixas, sin *lao*. Nacido y criado en Ferrol y de abuelo vizcaíno, de Busturia al parecer. Un aldeano que se enroló en un atunero de Bermeo para acabar asentándose en Ferrol con una portuguesa. Desde luego, ese dato era algo que mi padre intentó borrar de su memoria. Él se mudó a Euskadi a los veinticinco años, en cuanto se casó con nuestra madre, también gallega, y también de abuelo vasco, pero sin ambiciones respecto a la posesión de otras tierras que no fueran las de su niñez y juventud. Le acompañó porque era su mujer, no por otra cosa, y pacientemente esperó a que mi padre muriera para retornar a Galicia. *La diáspora vuelve a casa*, decía Estanis Idókiliz de su traslado a Euskadi. *Un gran símbolo*, redondeaba. Tomé la pluma del cuervo entre los dedos, pasé un hilo por su base y la colgué del retrovisor. Pluma negra solitaria cabalga de nuevo.

—¿Te acuerdas del tesón del viejo, hermanito? El tío consiguió aprender euskera en dos años. ¿Y lo poco que le gustaba el mar y lo que adoraba el monte? Claro que lo recuerdas, pero te hacías el gilipollas, o lo eras, y cuando reventaste ya no tuvo sentido. ¿Sabes lo que me pareció esa fotografía la primera vez que la vi? Una pantomima. Un minuto de gloria mediática y cincuenta años de marrón. Si al menos hubiera servido para algo. Si hubiera sido la chispa que arranca el motor de la sensatez. ¿Qué ocurrió después, hermanito? Me gustaría saber tu versión, pero no tienes ni zorra idea, ni siquiera sabes dónde te encuentras.

Me sorprendí deteniendo el coche y haciendo un pequeño agujero en la tierra. Allí enterré la pluma. Era atosigante ver todo un símbolo bamboleando de un lado a otro ante el parabrisas. Me entretuve un buen rato y acabé haciendo una señora tumba. Incluso me di el placer de bautizar un nuevo lugar en el cuadrante Las Planas. Lo llamé El Buitre y escribí el nombre con piedras, al pie del túmulo. Un nuevo referente, esta vez sin cruce alguno, un estímulo para la vista y la conversación, porque estoy seguro de que todo el que pasó por allí se detuvo para echar un vistazo.

—¿A quién han enterrado allí?

—¿Dónde?

—En El Buitre, al sureste de Lugar.

—Pues no lo sé, pero rezaremos por él a Nuestra Señora.

Dejé atrás El Buitre. Conducía despacio porque hacerlo campo a través, aunque fuera por un terreno tan llano como las planicies, siempre te deja al alcance de los imprevistos. Al cabo de unos treinta kilómetros sorteando matojos y piedras alcancé a ver una pista que se dirigía hacia el sur. Cuando llegué a ella el coche me dio las gracias y ambos avanzamos más relajados hasta alcanzar el siguiente poblacho que nos salió al paso.

Aquel hombre me observaba con desconfianza. Aun así, se acercó y me preguntó de dónde era.

—De La Coquita.

—Eso no es un país.

—Vale, de España.

—¿Cuánto ha tardado? —preguntó, señalando el vehículo cubierto de barro y polvo, pero aún una bombilla.

—Unas cuantas horas.

—¿Está lejos?

—Ya lo creo.

—¿Hacia dónde se dirige?

Le dije que hacia las montañas y él me respondió que no era el camino.

—¿Hay gasolina por aquí cerca?

Me dijo que en Los Césares, a unos veinte kilómetros al sur. No dejaba de mirar el vehículo. Se veía que le gustaba, tan atractivo y brillante como un caramelo de limón.

—Si quiere se lo puedo limpiar —me dijo.

Estudié el lugar. Una casucha de madera, un cobertizo de cemento, un retrete a cincuenta metros y nada más.

—¿Vive usted aquí? —le pregunté.

—Todo el año, aunque por la Virgen voy una semana a visitar a Nuestra Señora.

Me despedí de él tendiéndole la mano, pero no respondió. A cambio, susurró un inquietante «rezaré por usted.»

Cuando llegué a Los Césares ya sabían de mí.

—Este no es el camino a las montañas —me dijo un hombre, apoyado en el cartel que marcaba el nombre del pueblo.

—Claro que sí. Voy a los Pirineos y este trasto es anfibio —respondí, asomado a la ventanilla e intentando disimular mi sorpresa.

El hombre debió de leer mis pensamientos, porque me señaló un teléfono junto al cruce. Estaba dentro de una caja de madera, tal vez un ataúd, que lo protegía de las inclemencias del tiempo. A su lado había un panel de madera con avisos y notas.

—En Los Césares cuidamos bien nuestro escaso patrimonio tecnológico. Ni se imagina cuánto agradecemos un trasto como ese.

Le pregunté por la gasolinera, pero no hizo caso.

—¿De dónde viene?

—De El Buitre.

36

—No conozco El Buitre.

—Está a poco de Lugar.

—¿De qué lugar?

—Olvídelo, es una broma.

—Me gustan las bromas.

—Olvídelo de todos modos. ¿Sabe dónde puedo llenar el depósito?

Afirmó con un cabeceo rápido, pero nada dijo.

—No le he oído bien.

—Digo que me vendría muy bien su vehículo.

—¿A usted o al hombre que le avisó de mi llegada?

—A él, sin duda. Pero no se atrevió a preguntarle.

—¿Por qué?

—Alguien le había hablado de usted.

Pensé en la nube de polvo que me obligó a interrumpir la marcha.

—Y puede jurar que ese alguien fue la policía —dijo, acercándose al costado del coche y sacando una navajita con la que raspó la carrocería—. Demasiado amarillo, yo que usted lo camuflaba.

No supe qué hacer. En realidad no debía hacer nada, porque era él quien llevaba la iniciativa.

—Sí, es usted —dijo—. Sera Idókiliz Gandiaga, un nombre difícil de olvidar una vez que se supera la tortura de memorizarlo.

Los Césares, buen nombre para un pueblo donde vivía uno de ellos; buena planta, pelo canoso y abundante, ojos incisivos y mucho más.

—¿Y usted se llama...? —le pregunté.

—Yo sólo soy un intermediario.

—¿Por qué piensa que quiero vender el coche?

—Deja usted un rastro escandaloso. Su estela de polvo se ve a kilómetros. Escaparía mejor en bicicleta.

A pedales por Las Planas.

—¿Qué dicen de mí? —le pregunté.

—Que mató a un gordo de Santa Clara.

—No es cierto, se mató él solo.

—Sea como sea, parece que usted no quiere darse la oportunidad de demostrarlo ante el juez. Y además, conduce su coche. Treinta kilómetros hacia el sur queda el apeadero de Vargas. Allí hace parada el ferrocarril minero de Puerto Carrión. Puede intentar colarse en algún vagón y poner kilómetros de por medio. Pero lo más importante es que tiene usted el depósito seco.

Miré a ninguna parte mientras me imaginaba en el acto de cambiar el coche por ochenta litros de súper sin plomo. La bicicleta que me ofreció era un arreglo mucho más favorable.

—De acuerdo —le dije—. Una bicicleta y cincuenta lucas. Además, me acerca usted hasta el apeadero de Vargas.

El hombre agachó la cabeza, se rascó la nariz y sonrió.

—Yo le acerco a donde usted diga, faltaría más, pero es la bicicleta lo que vale cincuenta lucas.

Le eché una mirada de rayos equis intentando adivinar en qué parte del cuerpo llevaba el arma que no necesitó enseñar en ningún momento. Un verdadero maestro en el oficio de aprovechar las miserias ajenas. El vehículo ya no entraba en el trato, ya era suyo. Si le hacía ver que llevaba dinero encima me quedaba a cero, así que bajé del todoterreno y le cedí el volante.

—Ahora acérqueme hasta el apeadero de Vargas. Y si no es mucho pedir, podríamos pasar antes por su casa y me llena una bolsa con comida.

—Le acerco a Vargas, pero lo de la comida es imposible.

No explicó por qué era imposible ni yo le pregunté el motivo. El coche ya era suyo. Nos dirigimos a un almacén en la trasera de una de las casas y acercó el vehículo a unos bidones. Bajó y, tras enredar en un gran armario de madera apolillada, sacó una bomba de mano.

—Cuando vuelva de Vargas deje pasar un tiempo hasta denunciarme —le pedí, mientras él acoplaba la bomba a la boca de un bidón, metía el tubo en el depósito y me cedía la palanca de bombeo. Dijo que el reuma le torturaba las articulaciones.

—No haré tal cosa, al fin y al cabo le estoy ayudando a escapar y me estoy quedando con el coche del gordo. Porque debía de ser bien gordo, eso se dice. ¿Qué hizo con él?

—Nada —respondí, sin dejar de mover arriba y abajo la palanca de la bomba.

—Dejó el coche y se volvió dando un paseo hasta Santa Clara.

—Eso es. No volví a verle. Seguramente se lo comerían los perros.

—Está bien, cosas más raras se han visto por Las Planas.

Estuve bombeando gasolina y perdiendo fuerzas durante un buen rato. Cuando acabé, subimos al vehículo y salimos de Los Césares en dirección sur. Comenzaba a anochecer. Los focos del centauro dorado que acababa de perder abrían la pista como si esta fuera la cremallera del vestido de fiesta de Venus. Y con el depósito lleno. Fue normal que comenzara a pensar en recuperar el barco.

Lo primero que hice fue simular que me dormía, con lo que logré dormirme de veras. Desperté un poco confuso. Estábamos parados en medio de la pista, el capó del vehículo estaba levantado y el hombre trajinaba en el motor. Debió de sentir que había despertado, porque sin cambiar de postura me dijo que accionara la llave de contacto. Lo hice, pero sólo se escuchó un ruido ronco y corto. El hombre se cagó en todo y me preguntó si a mí también se me había parado antes, así, sin más. Le dije que no, y también que no entendía una mierda de mecánica.

—Creo que no es mecánico, amigo, que el problema es eléctrico. De todos modos, pise el acelerador unas cuantas veces y después intente arrancar de nuevo.

Lo hice, sin asomo de malicia, lo mismo que cuando el gordo se desfondó ante mis ojos. Giré la llave de contacto y, sin sospecharlo, di paso a un espectáculo pirotécnico. Primero el coche dio un respingo y el capó cayó sobre el hombre, atrapándolo, seguido se sucedieron unos chispazos fantásticos acompañados de un grito brutal, corto y terrible. El grito se esfumó y los chispazos fueron bajando en intensidad y frecuencia, pasando en su tono, en apenas segundos, del violeta al rojo infierno. Aquel trasto, consciente de su condición de esclavo, había decidido quitarse la vida para no pertenecer a nadie. Bajé, saqué mis cosas y me alejé unos cuantos metros. En apenas un par de minutos, una explosión en el motor liberó una bocanada de llamas y humo que se elevó y vibró en la noche de Las Planas. El hombre también ardió. Sus piernas eran dos teas al rojo expeliendo humo negro.

Mejor me largo, pensé. Claro, qué si no. Era el segundo que se me moría en los morros y por ambos me buscarían para responder. Mejor que no me cogieran. ¿Qué podría alegar en su defensa un hombre que ya llega huyendo?

—¿Por dónde cruzó la frontera, señor Idókiliz? ¿De qué huye usted? ¿De veras piensa que podemos creer lo que nos cuenta respecto a su actuación en esos dos asesinatos? Porque asesinatos fueron, señor Idókiliz.

Cuando alcancé la línea del ferrocarril, continué paralelo a ella en dirección este. Las luces a mi espalda marcaban el apeadero de Vargas. Lo que tenía frente a mí era Terra Incógnita, pueblachos, jaurías de perros y alucinaciones. Tras miles de pasos comencé a oír un sonido que me era familiar. ¿Es posible escuchar el mar a tanta distancia? O mejor aún, ¿a qué distancia me encontraba del mar? ¿Qué plano manejaba y qué escenario era el que discurría bajo mis pies? Escuchaba olas. Llegaban en series de tres, se elevaban sobre el bajo y reventaban. Es en la oscuridad cuando el tronar del mar se vuelve implacable. Su sonido me agarró tan fuerte que avancé por la vía a oscuras, ajeno al peligro de los perros. Llegar al mar, costear hacia el norte y torcer de nuevo hacia el este, hacia La Coquita. Pero sin prisa, dando tiempo a que se olvidaran, que buscaran en otras partes. El tejado seguiría allí, y la casa. Tal vez hasta un nuevo manojo de cardos. Sangre inmortal la del fulano cuyo coche explotó cerca del apeadero de Vargas.

Caminé media hora más, hasta que llegué al mar, que era un bosque de árboles grandes y esbeltos en cuyas copas el viento hacía romper las olas. Creí estar soñando. Era bien posible. Si llegué a soñar conduciendo un coche de dos toneladas, más fácil se hacía soñar caminando. Las Planas ayudan. De todos modos, un bosque me confundía, no era el lugar más propicio. Vi luces y me acerqué a ellas. Era una granja. Seguí la cerca y llegué a un cobertizo. Encontré una manta y me eché a dormir y a soñar sobre un montón de paja. Vi el portal, la tienda también, y más tarde a Edurne, que caía sin que yo tratara de sujetarla.

—¡Qué rápido fue todo, hermanito! Como si el infarto del viejo iniciara la cuenta atrás. Como si la vuelta de la vieja a Galicia nos dejara a solas. Tú y yo. Tan diferentes, hermano. Ante algo que nos comía por dentro, que no podía darse a conocer a menos que... alguien tuviera los cojones que tú mostraste al mundo y supiera rentabilizarlos de un modo inteligente. El arte de vender. Eso te faltó. Tú eso no lo manejas. La acción directa, decías; la acción espontánea, noble en su planteamiento y aparentemente fugaz en sus resultados. ¡Cuánto decías! ¡Qué boca tan grande manejabas! ¿Recuerdas aquella vez que con dieciséis años dijiste que te largabas a Angola? Al viejo le dio un pasmo. A luchar contra la malaria, le explicaste. Pero él te envió todo un verano a Zeanuri, a practicar euskera mientras segabas las infinitas campas del caserío de un amigo suyo. No dijiste nada y tragaste. Como mucho una mirada de reojillo a la vieja, que siguió a lo suyo, que en los territorios del viejo no se metía porque de hacerlo la tenían parda. ¡Cuánto echaba de menos ella Galicia y cómo odiaba él Galicia! Creo que nuestro viejo, de tantas veces que lo repitió, murió convencido de haber nacido en Busturia, en vez de en Ferrol. No hay que ser muy sagaz, ni cruel, para adivinar que tanto para nuestra madre como para nosotros, su muerte fue una liberación. Lo incineramos y la vieja se llevó sus cenizas para Galicia. Aunque él se revolviera dentro de la urna, no le quedó más remedio que soportar la eternidad espolvoreado sobre un acantilado gallego. Desde ese momento, a la vieja dejamos de llamarla vieja y pasó a ser Loren. Del mismo modo, dejó de ser nuestra madre y pasó a ser una señora en Galicia. Bueno, tú ya sabes todo eso, hermanito, qué voy a contarte. Así que ahora duerme, que ya vendrá alguien y te despertará para tocarte las pelotas.

Me despertó de una patada. Tenía cara de mala leche y sujetaba un hacha en su mano izquierda. Al loro con los zurdos en una pelea. Me preguntó quién era y qué hacía allí.

—Me he perdido —le dije—. Llegué de noche y me pareció tarde para llamar a su casa.

Me puse en pie, sacudí la manta, la doblé y la dejé en el mismo lugar de donde la había cogido. Dijo que no le había contestado.

—Soy un turista español.

Insistió en mi nombre.

—Sera —le dije.

Insistió en el apellido y le di el segundo, Gandiaga. También le pregunté si tenía teléfono, pero no respondió. Me preguntó si había llegado caminando o si guardaba mi vehículo en algún lugar.

—Caminando por la vía, aunque le cueste creerlo. ¿Este bosque es suyo?

Dijo que sí, pero me corrigió, que lo llamara mejor su alma. Estaba amaneciendo y habíamos salido del cobertizo. Eché un vistazo alrededor. Espiritualismos aparte, aquel lugar era un tesoro: árboles de troncos gruesos y rectos, leña a toneladas para un lugar como Las Planas, donde los arbustos que superan el metro de altura son dignos de admiración.

—¿Cómo se llama este lugar?

Desde el primer momento supo que le estaba mintiendo. Lo leí en la tensión con que su mano izquierda empuñaba el hacha. Aun así, dijo que el lugar se llamaba Los Corridos y que no quería volver a verme por allí.

—¿Podría darme café, algo caliente?

No respondió, y ya me tenía harto, pero qué iba a hacer. Continuó su camino, al bosque a trabajar. Giré la cabeza y observé la casa, había gente asomada a las ventanas. ¿Qué hubieras hecho tú, hermanito? ¿Ponerte en pelotas y arrodillarte ante ese hombre? Te las hubiera cortado, no lo dudes.

—¡Puedo pagarle!

Se detuvo. Sin volverse, preguntó por qué había de pagarle si no iba a hacer nada por mí. Dijo también que la cama era gratis, y que me largara de una vez.

—Un café caliente y algo de comer. Le pagaré diez veces su valor.

Se volvió, me observó de arriba abajo y dijo que nadie daría de comer a un problema ajeno. Que a la legua se veía que yo lo era. Y también, por segunda vez, dijo que me largara, y que no iba a decirlo una tercera vez.

—No soy ningún problema, se lo juro. Me he perdido y tengo hambre, eso es todo.

El hombre silbó en dirección a la casa. Apareció un chico en el porche.

—¡Los perros! —gritó—. ¡Suelta los perros!

—¡No, no! —grité, aún más fuerte—. ¡Ya me largo!

Hizo un gesto con la mano y el chico no se movió del porche. Luego me señaló la manta. Dijo que me la regalaba, que de ese modo se ahorraba el lavarla. Me largué sin dejar de observarle. En su rostro quedó una sonrisa a caballo entre la victoria y la miseria.

—¿Recuerdas cómo se llamaba el fotógrafo que te sacó la foto? Ganó algunos premios importantes con ella. Y no me extraña. Es impactante. Ese momento y no otro. Décimas de segundo antes o después hubiera sido diferente. Mucho más quince minutos antes, cuando nadabas en pelotas en medio de la ría con la barriga a reventar de alcohol. ¿Qué ocurrió? ¿Qué se movió en tu interior, hermanito? ¿Qué te llevó a enfrentarte a ellos de ese modo? Porque tú no vives en Marte, tú sabes bien dónde vives, el precio a pagar por una *performance* de ese tipo. ¿Por qué no te hiciste fotógrafo? Hubieras ganado premios y fama fotografiando ilusos como tú, unos vivos, otros recién muertos, unos acojonados, otros temerarios, algunos muy lejos. ¿Esos también formarían parte de la diáspora para el viejo? ¿Sabes hasta qué punto le jodía que nos consideráramos gallegos? ¿Y cuando sacábamos a pasear a sus ancestros portugueses? Cómo se lo restregábamos. Nosotros somos unos mil leches, aita. Mejor un vaso de Duralex en una taberna que una copa de cristal de Murano encerrada en un aparador. ¿Y la vieja? A pariros me volví a Galicia, decía. ¿Dónde si no?

Idókiliz Gandiaga, gallego. Sonaba raro. El mar fue el motivo. Los diferentes oficios que el hombre desarrolla para explotarlo, cómo nuestros genes se expanden sobre sus corrientes de un lado para otro. De Euskadi a Galicia, por ejemplo, el mismo mar y los mismos barcos llenos de pescadores senegaleses a la caza de los mismos bonitos allá por el océano Índico.

Es posible que caminara durante todo el día, que no pensara en nada. No vi perros, ni matojos, ni estelas de polvo cruzando a lo lejos. Mi única preocupación era seguir la línea del ferrocarril. Algo extremadamente sencillo. Imagínate, trabajar en esto. Un chollo. Todo el día pingándola por ahí, siguiendo la vía sin otra preocupación que no perderla de vista. Sueldito a fin de mes y dos extras por junio y diciembre, dos semanas de vacaciones en Pascua, otras dos en agosto y una más por Navidad.

—¿Por qué nos quedamos con la papelería del viejo? Eso sí que no era vida. Creo que fue una bendición que la quemaran, como cuando te roban un ancla de diez toneladas de oro que llevas de colgante. Papelería Busturia. El rótulo era de acero y resistió. ¿Por qué no nos largamos antes? Y sobre todo, ¿por qué cojones te empeñaste en provocarlos? ¿No recuerdas cuál es la sílaba que le falta a tu nombre, hermanito?

Llegué al cruce del ferrocarril con una estupenda carretera asfaltada de dos carriles y alguna que otra señal de tráfico. Había un par de latas de refrescos y unas cuantas colillas junto a un poste en el que alguna vez hubo un letrero. Observé que hacia el sur el terreno ascendía ligeramente y la carretera desaparecía en un perfil en el que se recortaban las siluetas de un grupo de casas. Hacia cualquier otro lado la vista era una porquería, pura desolación. Junto a las latas y las colillas también había un montón de cáscaras de cacahuete, y a unos metros de todo eso, un coche carbonizado. Alguien se había dado un banquete tras fundir el motor. Sentí la punzada del hambre y opté por dirigirme hacia las casas, imaginando despensas llenas de sombras dulces como la miel.

—¿Edurne era tan dulce como la miel, hermanito? ¿A qué sabía?

Llegué a pensar que era un espejismo, que la línea de casas silueteadas sobre el cerro eran mi amigo el cuervo y su banda, que en cuanto llegara alzarían el vuelo y cagarían sobre mi vertical. Pura energía, los cuervos, más eficaces que los buitres, mil veces más astutos. Si no hay carroña roban un bolso, atracan una hamburguesería o vacían una gasolinera. Saben adaptarse. No hay un solo lugar del planeta donde no vuelen, exceptuando los polos, pero esos no son lugares, sino puntos del planeta que sólo existen porque aparecen en los mapas.

En el momento de comprobar que las casas eran reales, un hombre vino a mi encuentro. Dijo que el lugar se llamaba Farella, con dos eles que se ocupó de marcar con claridad.

—Era mi abuelo: Luccato Farella Sanmicheli. ¿Sabe usted cómo se llamaba su abuelo? Hay pocos en Las Planas que lo sepan. Pero usted no es de aquí, incluso podría afirmar que es un fugitivo. Andan muchos por esta zona últimamente. Piensan que este es un buen lugar para pasar inadvertidos. ¿Tiene hambre? Está hecho una pena. ¿De dónde llega?

—De Latas. Y sí, tengo hambre.

—No sé dónde queda eso, pero le daré algo de comer. ¿De Latas? Se lo inventa, amigo, no hay ningún pueblo llamado Latas en cincuenta kilómetros a la redonda, que es todo lo que conozco. No tengo coche. Mi abuelo los odiaba. ¿Quiere comer algo?

El hombre no se movió. Quise animarle dando los primeros pasos hacia las casas, pero me frenó en seco.

—¿Adónde va?

—Pensaba que iba a darme algo caliente.

—¿Cómo se apellida?

—Idókiliz.

Hizo una pausa. Farella marcaba un origen claro, pero ese apellido, Idókiliz, no lo situaba.

—Por el rostro y las maneras europeo, sí..., espere, no me diga más..., sí, sólo una cosa, ¿en qué trabajaba su abuelo?

—En una naviera.

Cruzó las manos sobre la nuca y sonrió.

—Griego, claro, tenía que ser —dijo, exultante por un razonamiento que erraba en unos tres mil kilómetros.

—Griegos e italianos, primos hermanos —dije, por decir algo.

El hombre se calló y me lanzó una mirada de desaprobación.

—¿Quién le ha dicho a usted que mi abuelo fuera italiano? Su apellido lo será, pero él era dálmata, de la ciudad de Zadar. ¿Conoce usted aquello, amigo Idókiliz? Y a propósito, su abuelo, ¿de dónde era?

—Los Idókiliz venimos de Corinto.

—¿Ha estado alguna vez allí? —preguntó.

—Nunca —respondí—. Mi abuelo se largó de allí sin querer saber nada de la ciudad ni de Grecia. ¿Y usted en Zadar?

—Tampoco, pero mi abuelo hablaba maravillas de aquello. Y a propósito, aún no me ha dicho cómo se llamaba su abuelo ni a qué se dedica usted, si no es realmente un fugitivo, como ando pensando.

—Rappael Idókiliz Coutópolus. Ese era mi abuelo. Yo soy comerciante de artículos de papelería.

—Habla usted muy bien mi idioma para ser griego.

—El griego era mi abuelo. Yo nací en Venezuela.

Mentiría si no admito que disfrutaba con esa ristra de sandeces. Mi abuelo, Rafael Idókiliz Couto, fue patrón de pesca y hombre de pocas y desagradables palabras. Se casó con una portuguesa analfabeta que al cabo de unos cuantos años, tras parir y criar a mi padre y a mi tía Asun, se volvió a Portugal sin decir nada a nadie. Imaginar al bruto de Rafael Idókiliz con pompones encarnados en los zapatos me llevaba a recrear a mi viejo con túnica y dialogando con Sócrates. Pero el nieto de Luccato Farella Sanmicheli andaba pensando en otras cosas.

—Si mi abuelo era dálmata, no sé por qué yo voy a ser diferente. ¿No cree?

—¿Me dará de comer? Puedo pagarle —dije, intentando apartarle de sus malabares genealógicos.

—¿Qué es lo que hace por aquí?

—Perdí el tren a Puerto Carrión y voy siguiendo las vías.

—Una locura. Se lo comerán los perros.

—Aún no los he sentido.

—Será que no habrán visto el momento o que llevan la digestión de algún otro incauto. Espere un momento.

Se largó hacia las casas. Llevaba sobre sus hombros una sobrecarga alucinógena de apellidos. Habría formado una buena pareja con Estanislao Idókiliz Freixas Couto Abades, cien por cien vasco. Y tras el órdago a la grande habrían destripado la heráldica que más apetecían, la de los Farella de Zadar y los Idókiliz de Corinto. Pero en esos momentos mi viejo debía andar realmente con Sócrates, allá en los cielos, contestando a todas sus preguntas sin bajarse del burro.

Cuando el hombre regresó, lo hizo acompañado de su hijo.

—¿Cómo se llamaba tu bisabuelo? —le preguntó.

—Luccato Farella Sanmicheli —respondió el crío, al instante.

—¿Y tú?

—Venezziano Farella, con dos zetas y dos eles.

El hombre lanzó una carcajada y palmeó con fuerza la espalda del crío, que salió despedido hacia delante.

—Si fuera a la escuela harían rimas con su nombre, porque es un nombre raro para quien no sepa de geografía, ¿no cree? Se olvidarían de la ciudad y se quedarían con el ano. Así de brutos son por aquí. ¿Sabe quién tiene el único atlas en el cuadrante Las Planas?

—¿Usted?

—Así es. Y es realmente viejo, créame. Mi abuelo era dálmata, pero mi tatarabuelo *venezziano*, o el abuelo de mi tatarabuelo, no estoy seguro, discúlpeme la imprecisión. En todo caso, ¿qué sería de *Venezzia* sin Dalmacia? Ni un solo palacio. ¿Ha estado alguna vez en *Venezzia?*

—Nunca.

—Yo tampoco. Pero si algún día el rey de *Venezzia* se viene por Farella, quedará sorprendido con el espíritu dálmata de nuestra ciudad. Y si usted no fuera un fugitivo, o mintiera de mejor manera, le invitaría a conocer a mi familia y se sorprendería de igual modo. Incluso habría llegado a enseñarle el atlas del que le he hablado, que es lo único que mi abuelo pudo traerse de Europa. En él vería que Dalmacia es el centro del mundo. Aun así, le he traído un poco de pasta, queso y algunos huevos duros. Espero que lo sepa aprovechar. Venezziano, di *ciao* al señor.

—*Ciao.*

—Tiene un buen trecho hasta Puerto Carrión. ¿Conoce el lugar? Yo no, pero sé que apesta. Tenga cuidado, es el camino natural de los fugitivos. Si uno quiere agarrar a cualquiera de ustedes sólo tiene que acercarse a Puerto Carrión cuando se va acabando el verano, porque si continúan hacia el sur se congelan. En realidad, ese lugar es como un embudo, y el desierto de Las Planas un colador ante el embudo.

Dijo *ciao* y se largó con el niño a un costado. Abrí el paquete de papel. Había un puñado de macarrones fríos, una loncha de queso y dos huevos duros. Lo comí todo allí mismo. Después regresé a las vías y continué caminando.

A lo lejos un punto que tarda en llegar, que está realmente lejos. Tal vez la vía misma, o yo mismo, esperándome. O tú, hermanito. Al mismo tiempo, comienza a nublarse el cielo gris perenne de Las Planas. No le hago caso y se nubla aún más. Lo miro de reojo. Sigo caminando aunque él bien sabe que estoy acojonado. No lo hagas, pienso. No ahora, cabronazo. Déjame encontrar antes un refugio.

El punto va acercándose. Es un tejadillo, pienso. Seguro que lo es. O de nuevo el cuervo, que se ha comprado una avioneta tamaño buitre para enseñarme sus ojos brillantes cualquier día de estos que nos encontremos por ahí, volando, y yo tenga que retirarme humillado, porque si un buitre en tierra es una caricatura, en vuelo es el primer ministro de las aves. Los buitres se desayunan a los cuervos si los pillan en el aire, los machacan. Por eso mi amigo el cuervo era un pájaro sabio que derruía las teorías del mismísimo Darwin. Definitivamente es un tejadillo. Tengo vista de águila, dentro de poco desfloraré a la hija de mi amigo el cuervo y contribuiré a forjar una especie sorprendente. Es un tejadillo para el cambio de agujas. Estoy frente a una bifurcación ferroviaria. El ramal principal sigue hacia el este, mientras que el ramal secundario vira hacia el noroeste. Por un momento me embarga un sentimiento de zozobra. Hay algo extraño en aquel paisaje, un elemento nuevo que no sé distinguir pero que se manifiesta de un modo rotundo. De pronto, en un arranque de lucidez, caigo en la cuenta de que esa vía abandonada traza una diagonal en Las Planas, donde todos los caminos mantienen las rígidas direcciones norte sur, este oeste. Observo maravillado aquella muestra de rebeldía. Después, con las primeras gotas de lluvia, caigo en la cuenta de que es una vía abandonada. Afinando la vista se pueden ver los muchos raíles y traviesas que le faltan. Tras el fiasco me refugio bajo el tejadillo. Es entonces cuando comienza a llover. El cielo me había esperado. Le di las gracias y él, muy en su estilo, me contestó con tres horas de un diluvio vertiginoso. Un chaparrón en Las Planas no es comparable a nada conocido por un bilbaíno que no haya estado antes por aquí, que alguno habrá habido, lo hay y lo habrá. Que somos la hostia los gallegos, joder. ¡Di tu nombre, grítalo! Que te oiga cada uno de esos baldes de agua llamados gotas, y a ese cielo cabrón dile que ya vale, que la prueba está superada. ¡Grita tu nombre! Que te oigan los matojos y las musarañas. Y tus familiares americanos, la tía Asun y los tíos Raimun y Fede. Todos con sílabas de menos. Una sangría, lo de América. Así decía mi abuela Emi, la madre de mi madre. Vamos, grita tu nombre.

—¡Seraphilius Idókilizopoulos Gandiagautas! ¡Y no soy griego, sino espartano!

El cielo se acojona. Ha sido una pronunciación serena y temible. Retira sus nubes y se recompone en un gris continuo, casi confortable. El sol sería demasiado. No es que sea un concepto inexistente, sino flaco de ver. Más bien por aquí manda el viento. Si en otros lugares del globo los vientos toman nombres diferentes dependiendo de dónde provengan, en Las Planas el viento no tiene otro nombre que ese. Sopla de donde le da la gana y hacia donde le da la gana, cuando le da la gana y con la fuerza que le da la gana, pero siempre está presente. Deberían hacer un congreso meteorológico para explicar el comportamiento de este viento demencial, para discernir si va o vuelve, si sube o baja, o si por algún sortilegio de Nuestra Señora de la Atmósfera dicho viento está prisionero en estos páramos y no encuentra modo de escapar, condenado a rebotar entre seis paredes. Y ya de paso, en una mesa de debate paralela, averiguar si esta vía por la que avanzo de modo tan lastimoso cruzará algún apeadero, pueblucho o centro comercial donde encontrar cama, agua y comida.

Dejaba atrás Tejadillo, nuevo lugar.

Como un embudo hacia Puerto Carrión. Los fugitivos hacia Puerto Carrión, y ni siendo almirantes de la planicie océana se librarán del castigo. Cook se hartó de bautizar lugares. Lo imagino en el castillo de popa del *Endeavour,* jugándoselo a los dados: ¿Punta Desolación o abandonamos aquí al botánico? Gente especial, los marinos. Mi padre los detestaba, sobre todo porque su padre lo fue y porque hubo otros muchos en la familia; armadores, patrones, pescadores, rederas, mayoristas de pescado, militares e incluso un pirata. Al parecer, Juan Gandiaga lo fue. Era tío de mi madre, uno de los pocos en la familia que fue por la vida con todas sus sílabas. Mi madre contaba que se largó a América siendo muy joven, que hizo contrabando en México y en Cuba y después ejerció de pirata en las Antillas, atracando veleros de turistas yanquis y franceses a mano armada. Debió de morir en un frontón de Florida, pero no en la cancha, sino apostando. Aunque había otra versión que afirmaba que acabó sus días en Oregón, lisiado mentalmente y cuidando ganado en algún rancho al norte del estado. Mi abuelo Paco jamás me contó nada sobre su hermano Juan, pirata caribeño, pero es comprensible, porque apenas traté a mi abuelo y porque creo que todo era un invento de mi madre. Incluso le cambió el nombre y el apellido y para mi deleite pasó a ser O Negro Doniños.

—¿Era muy moreno, ama?

—Como un tizón.

—¿Dejó algún tesoro enterrado?

—Eso nunca se sabe, pero murió pobre como una rata.

—¿Tuvo hijos?

—No, qué sepamos. Aunque mi abuela Polo siempre sospechó que por América corren unos cuantos mestizos con su sangre.

—Y la tía Asun, ¿a qué se fue a América?

—Estaba loca de amor.

—¿Y tuvo hijos?

—Yo qué sé, pregúntale a tu padre, era su única hermana.

Pero mi padre, en todo lo que concernía a su hermana, era hijo único. Con el tiempo supe que la tía Asun era lesbiana y que escapó a México para reunirse con su amante. Eso me lo contó mi tío Celso, que era marino mercante y sabía muchas historias tanto de una orilla del océano como de la otra. Estaba casado con la hermana de mi madre, la tía Poli, que en realidad se llamaba Apolonia, como la sacrosanta abuela Polo, y a quien, además de robar una sílaba, torcieron la terminación en una i ridícula para diferenciarla de la abuela, esto es mi bisabuela. Todo un cristo, como en toda familia que se desprecie.

—Yo la vi en los muelles de Veracruz, totalmente borracha y abrazada a una princesa azteca —decía mi tío Celso.

Celso Varela Sotomayor conservaba todas las sílabas de su nombre porque jamás se sintió miembro de nuestra familia, sino de la suya propia, algo que era cierto y que él, en su soberbia, no paraba de remacharlo. Capitán de la marina mercante, de petroleros, en concreto. Un tipo que para mi padre era un muro. ¿Te acuerdas de sus discusiones cuando coincidían en Ferrol? ¿Y aquella famosa guerra de apellidos? Celso Varela cien puntos, Estanis Idókiliz cero. Aún no habíamos nacido, pero la vieja disfrutaba contándola. Fue durante la presentación de Celso como novio de la tía Poli. Los viejos acababan de casarse y nuestro padre ya había decidido mudarse a Bilbao. Debió anunciarlo aquel mismo día y a Celso le pareció que la noticia restaba protagonismo a lo importante de la reunión, que no era otra cosa que él mismo. Un oficinista contra un capitán de la marina mercante. De Ferrol a Bilbao. Celso preguntó el motivo del traslado. Mi padre respondió que volvían al lugar de donde eran.

—Pero tú eres gallego —le dijo el tío Celso.

—Eso no es cierto.

—Y tu mujer también lo es.

Mi padre no articuló palabra. Todos sabían lo incómodo que se encontraba, lo que le tiraba a él eso del pedigrí y lo a disgusto que estaba con el que tenía. Estoy convencido de que se casó con nuestra madre por su apellido: Gandiaga. De otro modo no me lo explico. La vieja es la vieja, pero reconozcamos que no es gran cosa desde otro punto de vista que no sea el del carácter. De no haber entrado en escena nuestro padre, habría acabado en el mismo convento de Lugo que sus hermanas Paca y Concha. Supongo que Estanis Idókiliz no estaba dispuesto a admitir que un gallego le dijera cuál era su tierra, mucho menos a que le provocara diciéndole que a vascos, él, Celso Varela Sotomayor, lo era más. Entonces, en medio del salón de la casa familiar de Ferrol y ante la vista de todos los presentes, comenzó el desfile de linajes.

—Me apellido Idókiliz. Mi abuelo Pruden se llamaba Prudencio Idókiliz Barrutia y era de Busturia, pegadito a Gernika, ni más ni menos.

El tío Celso le animó a continuar. Había pasado unas cuantas veces el canal de Panamá y conocía el sistema de exclusas, avanzar por desbordamiento. Le dijo que pusiera de una vez sus cuatro apellidos sobre la mesa, no los de su abuelo.

—Idókiliz... Freixas, Couto, Abades —respondió mi padre, con una inseguridad patente.

Todos esperaban el siguiente movimiento de Celso, quien prefirió reservar su mejor carta y se limitó a preguntar cómo se apellidarían sus hijos, es decir, yo, nosotros.

—Idókiliz Gandiaga —respondió, sin dudar.

—¿Y qué más? —insistió Celso.

Lo sabía, pero dudó un instante, como un resbalón.

—Freixas, Souto...

Mi padre pensó que un café le espabilaría, pero al ir a beber el primer sorbo se lo tiró por encima. El café estaba recién hecho. Dio un salto, acompañado por un grito de dolor, y seguido soltó una retahíla de apellidos.

—Idókiliz, Gandiaga, Freixas, Souto, Couto, Rivas, Abades, Campelo, Barrutia...

Dejó pasar unos segundos, respiró hondo y pidió que le sirvieran más café. Celso estaba arrinconándole, lo sabía. Alguien le tendió una toalla y se enjuagó el sudor de su frente.

—Sólo cuento nueve. Faltan algunos más.

Mi padre guardó silencio.

—¿Dónde están los que faltan, en Portugal, por Oporto? Vaya vasco del carajo.

Para algunos de los presentes aquel era un debate divertido, para otros algo violento, pero nadie movía los pies de aquel salón. Viendo a Celso, todos adivinaban que el desenlace sería de recordar. Me imagino a mi abuela Emi y a mi bisabuela Polo disfrutando al ver cómo un hombre al que admiraban ponía en apuros a otro al que despreciaban. La única respuesta que le quedaba a mi padre fue pedir a Celso que mostrara su jugada. *Ahora tus apellidos, hijo de puta.* No lo dijo así, pero lo pensó, no me cabe duda. Entonces, Celso Varela Sotomayor, elegante, cosmopolita y varonil, vestido de uniforme para la ocasión, alzando su cabeza engominada e hinchando el pecho, extrajo una cartera del bolsillo interior de su chaqueta, sacó de ella un documento y lo hizo circular entre los presentes. Cuando llegó a manos de mi padre y acabó de leerlo, no tuvo otro remedio que largarse del salón y buscar una habitación vacía en la que rumiar su derrota. Mi madre no le acompañó en su zozobra. Que la llevara a Bilbao vale, pero que intentara convencerla de que ella era vasca, ni hablar.

El documento era una copia del certificado de nacimiento del tío Celso, y decía exactamente que tal sujeto era hijo de don Crisógono Varela Arriaga y doña Enriqueta Sotomayor Uriarte y que fue bautizado en la parroquia de Santiago do Lago, en Valdoviño, provincia de La Coruña.

—¡Celso Varela Sotomayor Arriaga Uriarte! —gritó, junto a la puerta del salón y a pleno pulmón, para que mi padre tuviera que escucharlo.

Después, todos, mi madre incluida, estallaron en aplausos y risas, todos alegres aquella tarde en Ferrol; tan divertida y loca la genética.

Contemplo cómo va oscureciéndose el cielo que se ha colocado sobre mí, el escenario adecuado para que una jauría de perros se abalance sobre algún turista despistado. Me detuve. El viento estaba, pero apenas se dejaba oír. Ningún gruñido, ningún ladrido, ninguna sombra sigilosa en el horizonte. Los perros patrullaban más al norte, por La Coquita y Mirandel, donde sabían que la carne era fácil y tierna.

—¿Cómo se apellidaba Edurne? ¿No lo recuerdas? Qué bonita era, ya lo creo. Aquí en Las Planas sería la flor más bonita, la única flor. En Mirandel pagarían un buen dinero por ella. ¿Dónde vivía? Eso sí lo sabías. ¿Era en el barrio de Begoña o en el de Matiko? Era un lugar en pendiente donde el sonido del tren hacía eco, encajonado entre dos muros de contención a la salida de un túnel.

Entorné los párpados..., aquello no podía ser Matiko, demasiado plano, tampoco Begoña, demasiada luz..., y muy veloz..., una centella a la que persigue una manada de vagones repletos de mineral. Logro levantar un brazo, nada más, y me quedo pensando, mientras el temblor de tierra me desplaza unos centímetros, qué tipo de mineral es el que lleva ese tren, si será jamón o melón, muslo o pechuga, agua o vino. Tarda minutos en pasar, mi cuerpo trepida y se mueve a saltitos. Pegado a la tierra logro un desplazamiento involuntario de más de un metro hacia el sur. Por fin, el último vagón me enseña el culo y caga una piedra del tamaño de un puño. Pesa un montón y tiene partículas que brillan. De no haber sabido su origen, de haberme encontrado esa piedra en otra circunstancia, habría pensado que llegaba de Marte, o más lejos aún, de Neptuno. Un pedazo de monarca marino con incrustaciones de posidonia. En todo caso, una piedra bellísima que en Mirandel podría cambiar por cualquier otra cosa más práctica. Camino unos cientos de metros más. Abro mi bolsa de viaje y me deshago de la piedra en cuanto me doy cuenta de que los márgenes de la vía están plagados de piedras similares, sólo que recubiertas con el polvo de Las Planas, denso e impenetrable.

Vuelvo a tumbarme. A este lugar acabarán llamándole El Muerto.

—Edurne vivía en Matiko. Había unas cuantas escaleras y cuestas para trepar hasta su casa. Esas rampas eran muy oscuras. ¿Nadie fue nunca al ayuntamiento para reclamar un par de farolas? Era agosto, durante las fiestas de Bilbao. Pero la cosa ya venía de lejos, ese tipo de escaleras siempre son oscuras. ¿Y podar el lugar? A los lados paredes de ladrillo y cemento y encima una bóveda vegetal. El lugar indicado para cualquiera de mala fe.

Permanezco tumbado, pero ya no estoy junto a la vía, sino sobre un carro. Estoy algo desconcertado porque no sé en qué dirección nos movemos, no veo las pistas, ni el ferrocarril, tan sólo el cielo. El carro traquetea y mi cuerpo se mueve de un lado a otro, hasta que una bola enorme y peluda cae a mi lado y me aprisiona contra un lateral.

—Está muerto —afirmó el hombre.

—No lo está, aún respira —dijo la mujer—. Ponle tus gafas en la nariz, ya verás.

—¿Qué es lo que veré?

—Que se empañan, ignorante, que aún respira.

—Está hecho una pena.

—Pero tiene buena planta. Súbelo al carro.

—Ayúdame —pidió el hombre.

—Ni lo sueñes. Llama a la cría —ordenó la mujer. Mantuve la pose de inconsciencia. En realidad lo estaba, pero no al cien por cien. La cría tenía manos de guante de béisbol y puede decirse que fue ella quien me subió al carro. El padre sólo tuvo que sujetarme la cabeza para que no golpeara contra alguna esquina. Después se colocaron los tres en el banquete delantero y arrearon, creo que para el sureste. Quise levantarme para comprobarlo, pero no pude. El tanto por cien de inconsciencia aún era elevado. Cuando llevábamos un buen trecho cayeron en la cuenta de que el traqueteo me llevaba de un lado a otro y acabaría lastimándome.

—Dile a la cría que se ponga a su lado y lo sujete con fuerza, que al desgraciado ese se le van a acabar saliendo los sesos —dijo el hombre.

—La cría ni hablar, eso luego. Llama a *Kennedy* —ordenó la mujer.

Escuché un silbido. El carro redujo la velocidad y al cabo de unos segundos una sombra voló sobre mí y aterrizó a mi lado.

—*Kennedy*, junto a él y que no se mueva —ordenó el hombre.

El perro hizo tan bien su trabajo que la inconsciencia, empujada por el calorcito y el olor a pelo mugriento y viejo, acabó embargándome por entero. Cuando desperté estaba tumbado sobre un colchón y tapado con una gruesa manta de lana. Me levanté y comprobé que estaba desnudo, pero no me asusté demasiado porque donde me encontraba todos lo estábamos; un caballo, dos vacas, tres cabras y cuatro ovejas. Me observaban con fijación y yo lo atribuí a la envidia, a que yo tenía colchón y manta y ellos el jodido suelo. Algo absurdo, desde luego, en realidad aguardaban expectantes a lo que pronto ocurriría en aquella cuadra y ante sus propios ojos.

La mujer me dijo que estuve durmiendo un día entero. Traía comida y leche caliente. Tras ella entró el hombre. Acercaron al colchón un fardo de paja a modo de asiento y se explicaron. La mujer hablaba y el hombre, en segundo plano, componía una discreta coreografía a base de leves gestos de asentimiento o desaprobación, según tocara. Al final, cuando todo estuvo conceptualmente enfocado, se retiraron. El hombre lanzó un silbido y poco después aparecieron *Kennedy* y la cría. El hombre se quedó con el perro y la cría entró en la cuadra. Después cerraron la puerta por el exterior. La cría dijo algo, puede que un saludo. El caballo, las vacas, las cabras y las ovejas no nos quitaban ojo. La cría se desnudó y se apretó junto a mí. Era más alta y más ancha que yo. Tuve que colocarme sobre ella para que no me reventara, pero también para cumplir mi parte. Iba a recuperar fuerzas, lo demás no importaba. Sin fuerzas eres un mindundi en Las Planas, sobre todo si vas andando. Estaba sobre un barril de doscientos veinticinco litros, eso era todo, así debía tomarlo.

—En Ventas Altas nadie quiere, ni en Canteras, y aquí en Ventas Viejas estamos solos. Dicen que el gobierno va a repartir tierras y útiles para cultivarla, pero se olvida de que en Ventas Viejas faltan brazos, de que Las Planas están mancas. Yo no lo sé, pero he oído que en Europa a los negros hay que apartarlos de tantos que se mudan para allá. ¿No podrían meter unos cientos en un barco y mandarlos a Las Planas? Por eso usted no tiene ni idea del gran favor que nos hace. Las planicies le han maltratado un poco, pero es fuerte y está sano, incluso me olvidaré de la pinta de fugitivo que arrastra. Todo por un par de brazos, o dos. ¿Tiene usted antecedentes de gemelos en su familia?

No lograba empalmarme. La cría y todos sus conceptos estaban tan enfocados que desbarataban cualquier cosquilleo en el perineo. Hay barriles bellísimos, elaborados con maderas de robles centenarios, lustrosos y de panzas recias y bien pulidas, con sus aretes de hierro forjado. Pero imagino que existirán pocos seres humanos capaces de excitarse ante un barril como el que yo tenía delante, blando, pálido y con culero. Fue el caballo quien me ayudó a reaccionar. Ante el panorama que tenía delante, el bicho comenzó a resoplar y a golpear contra las maderas de su establo. La cría giró su cabeza y le sonrió. Entonces, aquella bestia lanzó un mugido de muy mala leche y levantó las patas delanteras. Le vi la tranca, era inmensa y oscura. La cría no dejaba de sonreírle y el caballo amenazaba con tirarlo todo abajo para molerme a coces. Me estaba tirando a su chati ante su propio hocico.

Tenía que acabar como fuera. Miré alrededor y vi algunas herramientas en un rincón. Le dije que tenía que mear. En cuanto me despegué de ella el caballo se calmó un poco, pero su resoplar y sus movimientos indicaban que mantenía la caldera ardiendo. Fui al rincón y cogí una lima enorme, tenía un mango de madera redondo, ancho y liso. Es posible que la cría ya lo hubiera usado antes, en todo caso no notaría la diferencia, el instrumento seguiría bailando en su interior visto el miembro del cuadrúpedo. Volví a subirme sobre ella y el caballo volvió a enloquecer. Introduje el mango de la lima en su vagina y lo moví de un lado a otro, de afuera a dentro, jadeando a voz en grito, aunque no tanto como el caballo. La cría no dejaba de mirarlo y sonreírle y la bestia se estaba poniendo colorada. Comenzó a cocear y a enseñar los dientes, relinchaba como un toro y berreaba como un cerdo. En una de esas rompió algunas maderas. El golpe nos asustó a todos, menos a la cría. Las vacas, las cabras y las ovejas, que contemplaban el espectáculo acojonadas, se unieron al escándalo en un cacareo insoportable. Metí la lima hasta el puño. Moviéndola sin pausa jadeé en su pabellón auditivo como si llegara al final. Jadeé un poco más y seguido me levanté de un salto a la vez que arrojaba la lima sobre un montón de paja. Al instante cesó el escándalo. Pasaron unos segundos, la cría se puso en pie y se subió el culero. Seguido se acercó al caballo. Este asomó su hocico y la cría le arreó un puñetazo. La bestia ni se inmutó.

—¿Sonríen los caballos, hermanito? ¿Qué opinas? ¿Cuánto sonreíste tú tras tu hazaña? Esa que los periódicos bautizaron como el milagro del Arenal. Al cabo de unas horas la mujer volvió a acercarse a la cuadra. Trajo estofado, queso, bizcocho y una jarra de leche. Le pregunté por su marido, pero no por la cría.

—Han ido a trabajar.

Le pregunté en qué trabajaba y ella volvió a incluir a la cría en el lote.

—En todo un poco. Son muy apañados y en Las Planas no hay que despreciar nada. ¿Ve esas charcas?

No las veía por ningún lado.

—Ahí cazan ranas. Yo las pongo en conserva para venderlas en El Crucero y en Canteras. También matan perros. Tenemos una especie de contrato con el concejo. A tanto la mandíbula. Las pieles nos las quedamos.

Le pregunté si podía hacerme un café.

—No tengo café. Si quiere fude..., lo hace mi marido.

Imaginé media docena de ranas hirviendo en un alambique. Dije que no y salí de la cuadra. Hacia el norte el terreno se elevaba unos pocos metros, ocultando el horizonte. Caminé hacia allí y vi lo que la mujer llamaba las charcas. Era más bien un lago con vegetación abundante, algunos canales y pequeñas isletas. Al este escuché el sonido del tren minero, como un embudo hacia Puerto Carrión. Volví a la cuadra. La mujer continuaba junto al colchón.

—Le quedan seis más. ¿Aguantará?

Le dije que sin problema, pero que si se llevaban al caballo a otro lado lo agradecería. También le dije que con ella habría aún menos problemas, ninguno en realidad.

—En ese caso el problema sería mi marido. Parece poca cosa, pero cuando se lo propone es el propio diablo. Así que olvide eso. Coma y calle.

El diablo y su hija aniquilando jaurías de perros a lo largo y ancho de Las Planas, o al menos por aquella zona. Ese era el motivo por el que no los sentía desde hacía días. Si en Mirandel supieran que había contratos para matar chuchos salvajes tampoco quedarían por allí y la vida en La Coquita sería aún más placentera. Debía irles con el soplo a mi vuelta.

Cada jornada discurrió del mismo modo: me levantaba a mediodía, desayunaba, tiraba los tejos a la mujer, oía croar a las ranas mientras me masturbaba, volvía a la cuadra, comía, echaba una siesta, metía la lima en el barril, coceaba al caballo, cenaba y me dormía.

Cuando pasó una semana y consideré cumplida mi parte, encontrándome tan sano como el viento, les dije que hasta otra.

—Hay que esperar a que agarre —dijo la mujer.

El hombre asintió. La cría tal vez pensó en el caballo, en que me largara de una vez para engendrar centauros, mucho más útiles que los humanos. Entonces el hombre dejó asomar la manía de todos los habitantes de Las Planas, que consiste en preguntar de dónde se es y de dónde se llega. Le dije que era un turista panameño y que venía de Tejadillo, un lugar cercano a El Muerto.

—¿Pasado Santos Altos, hacia el oeste? —preguntó.

Jamás oí hablar de ese lugar, pero le dije que sí.

—Pasado Santos Altos hacia el oeste no hay nada.

Le dije que se equivocaba y no le gustó. Pero el diablo no se deja ver por tal tontería.

—Va usted a Puerto Carrión, ¿verdad?

¿Para qué iba a contestarle? Era como si a mi espalda hubieran grapado un número de serie y un albarán con la dirección de entrega.

—Solo puede llegar por tren. ¿Lo sabe?

¿Cabía la posibilidad de llegar andando? Que la mujer me preparara un saco con provisiones y alguien me cediera una manta y un paraguas. Difícil, pero de momento el muy estúpido me iba a señalar el camino.

—Primero tendrá que llegarse a Canteras, que queda a sesenta kilómetros de aquí en alguna dirección. Y de Canteras a Puerto Carrión hay más de doscientos kilómetros de desierto. Además, nadie caza perros por aquella zona. Hay incluso quien dice que los maquinistas les tiran de comer desde el tren y que los perros ya no abandonan el trazado.

Un complemento ideal para un menú bajo en proteínas. Le dije que le compraba el vehículo y me llamó loco. Entonces intervino la mujer.

—Ganaríamos más si le llevamos ante las autoridades de El Crucero. Eso nos daría cierto prestigio entre esa calaña. Olvídelo. Esperamos a que agarre. Cuando agarre le devolvemos sus cosas y se larga a donde quiera, pero andando.

Fue suficiente. Dije que salía a tomar el aire. Ante una señal de su amo, *Kennedy* se pegó a mis talones como si fuera una radio baliza. Me dirigí a la loma desde donde se veían las charcas. Quedaban a casi un kilómetro y ya se escuchaba el griterío de los batracios. Me fui acercando y la intensidad del coro debió de hacerse irresistible para el perro, porque se lanzó a la carrera hacia el agua. Tal vez pensara en dar una sorpresa a la mujer, ofrecerle media docena de gordas y escurridizas ranas para poner en conserva. En ese momento, el tren minero volvió a resonar en Las Planas. Avanzaba hacia el norte por el este. En algún lugar pasado El Muerto el trazado giraba noventa grados hacia el norte. El hombre había hablado de un pueblo llamado Canteras. Imaginé que el convoy rentabilizaba allí unos cuantos de sus vagones sumando más carga. Después volvería a girar hacia el este, directo hacia el embudo de Puerto Carrión.

Estaba oscureciendo y caminaba casi a ciegas, a campo abierto hacia el este, al encuentro de las vías del tren. Entonces me detuve, me hice un ovillo sobre la tierra y aguardé a que la oscuridad fuera total. Al cabo de media hora vi los focos del vehículo avanzando en dirección a las vías. Me buscarían por allí toda la noche y, si me encontraban, el castigo sería un freno en la boca y establo propio junto al del caballo. Me levanté y caminé encogido en dirección contraria. Llegué junto a la casa. Vi que la mujer aguardaba sentada en el porche y que no me había visto. Entré por la puerta trasera y con extremado sigilo revisé las habitaciones hasta dar con mis cosas. Junto a ellas había una manta y un paraguas. ¿Leía mi mente aquella mujer que embotaba ranas?

Dejé atrás la casa y caminé hacia el oeste hasta dar con una pista que se dirigía hacia el norte. Poco a poco, las charcas fueron quedando atrás y solo quedó la noche. Imaginé que por esa zona las batidas de perros habían sido intensas y me despreocupé de ellos. Estaba tranquilo, me sentía fuerte, bien cebado. La noche no era fría, de verano aún, como de agosto en fiestas de Bilbao, antes del inevitable chaparrón.

—¿Por qué no te quedaste en casa, cascándotela en la cama? El viejo ya estaba fiambre, no tenías que demostrar nada a nadie. ¿Por qué no hiciste mutis, como el resto? Y ya que no lo hiciste, ¿por qué desapareciste después?

Seguí a lo largo de aquella pista durante toda la noche, deseando encontrar el cruce con alguna otra que tirara hacia el este... porque imaginaba que estaba caminando hacia el norte. ¿Es así, hermanito? ¿Tú hacia dónde escapaste? Me detuve y repasé mentalmente lo caminado, llegando a la conclusión de que, efectivamente, caminaba hacia el norte y en cualquier momento daría con un cruce que me llevara hacia el este. No seguro del todo, volví a repasar lo repasado una y otra vez, hasta que la brújula se descompuso provocándome un dolor de cabeza moderadamente intenso, como si la aguja imantada hubiera abandonado su eje y se empeñara en perforar mi cerebro. Me tumbé al borde de la pista y me tapé con la manta. Era espesa y confortable, como recién lavada. El dolor de cabeza fue remitiendo para dar paso a un sueño intenso y reparador. El suelo era casi arena y me hice un ovillo, totalmente oculto bajo la manta. Cuando llegó el alba con sus fantasmas, yo era una piedra más de Las Planas. Hasta que alguien me pateó las botas, que debía de ser lo único que asomaba. Quería saber si era un musgo vivo o una persona muerta.

—¡Joder, está vivo! —gritó, sorprendido al ver que de pronto echaba la manta a un lado y me ponía en pie.

Me dejé hacer cuando comprobé que esa gente era inofensiva y me espabilé del todo en cuanto vi el todoterreno. Eran tres mexicanos en busca de un lugar que llamaron las tumbas indias. Me preguntaron por ellas, fue lo primero que hicieron, pero era la primera vez que escuchaba ese nombre. Año y medio plantado en La Coquita y resulta que el cuadrante Las Planas era un parque temático. Aun así, les dije que por supuesto conocía las tumbas indias, que primero había que pasar por Canteras y después seguir hasta Puerto Carrión, y que yo mismo podría guiarles ya que viajaba en la misma dirección. Sacaron un mapa, pero era viejo, anterior al reciente plan integral de comunicaciones ejecutado a medias por el gobierno. Eso comentó uno de ellos, pero yo me inclino a pensar que la culpa la tenía el viento, agente erosivo que se traga las pistas y las carreteras si no son usadas de cuando en cuando, convirtiendo la superficie de Las Planas en una serie de cruces indescifrables. Tras discutir largo rato decidieron que lo menos insensato era creer al mapa y continuar hacia el norte para coger la carretera asfaltada que iba desde El Crucero hasta Canteras. Yo sonreí, como una veleta con el deber cumplido que, aun en medio de tantas dilaciones y requiebros, continuaba marcando el norte con eficacia. Me invitaron a subir al vehículo y me dieron de comer unos sándwiches. Dijeron que venían de El Crucero y que pasado Farella la carretera se acababa sin más, y eso que en el mapa la marcaba continuando hacia el sur. Incluso la pista por la que después continuaron hacia el este desapareció como por arte de magia. Decidieron improvisar, se hizo de noche y acabaron perdidos en las pistas. Volvieron a dar con la carretera asfaltada por casualidad y al cabo de unos cuantos kilómetros, por algún motivo insensato que no acertaban a explicar, tomaron esta pista.

—Insensato porque llevamos casi cien kilómetros desde el desvío y no hemos visto nada que no nos diga que volvemos a estar perdidos. ¿Lo estamos?

Les dije que en absoluto, que conocía Las Planas y que pronto llegaríamos a un lugar civilizado, deseando con fervor que Canteras lo fuese.

—¿Y más al sur? Puede que estemos avanzando en sentido contrario. En Santa Clara nos dijeron que las tumbas indias están más cerca de Nueva Génova que de Puerto Carrión.

Les respondí que ir más al sur en aquella zona no era algo civilizado. Que si querían llegar a las dichosas tumbas indias no les quedaba otra que pasar por Puerto Carrión, pero que si pensaban que podían estar por Nueva Génova, entonces mejor llegar por una buena carretera que desaparecer entre las pistas.

—¿No has dicho que sabes dónde están?

Me encogí de hombros. Dije que a lo mejor había unas cuantas tumbas indias por la zona, pero que las que yo conocía quedaban por Puerto Carrión.

—En el mapa marca una carretera al sur de Farella en dirección hacia Nueva Génova.

Entonces pensé en el nieto de Luccato Farella Sanmicheli, a quien no le gustaban los coches y tenía un atlas. Insistí en que nada de lugares civilizados más al sur, que Farella era el último. Tampoco gasolina.

Las canteras de Canteras producían mármol y se hundían en la tierra como la huella de un sacacorchos. Tras ellas se dibujaba un paisaje aún más desolador que el de Las Planas; doscientos kilómetros de desierto, miles de agónicos pasos para un hombre y una tontería para el todoterreno de los chicos. Llenar el depósito, comprar comida y algo de agua y pegaditos a las vías hasta Puerto Carrión. Un plan sencillo pero frágil. Pronto comprobaron que en Canteras no había gasolinera. Por supuesto, había miles de litros de fuel en el pueblo, pero ni una gota para ellos.

—Para llenar el tanque deberán volver a El Crucero.

No les daba, eran algo más de cien kilómetros y ya apuraban la reserva. Sacaron su dinero, buscaron a alguien que les acercara y los trajera de vuelta, pero fue inútil.

—Lo más que puedo hacer es remolcar el vehículo en mi grúa y llevarlo a El Crucero.

Uno de los mexicanos se puso nervioso. Dijo que si tenía una grúa bien podía llevarles a alguno de ellos hasta El Crucero a por combustible, sin necesidad de mover el todoterreno.

—No tengo permiso para pasajeros.

El mexicano se irritó. Que si no podía llevar pasajeros podía ir él a El Crucero y llenar algunos bidones. Que le pagarían gustosamente y añadirían una propina. Pero aquel hombre era un ciudadano ejemplar y un excelente ladrón de coches.

—Tampoco tengo permiso para transportar cargas inflamables. Sólo tengo una grúa, y ya sabe usted para lo que sirve una grúa.

Para mí era un inconveniente, pero al menos había llegado a Canteras. Para los mexicanos significó algo peor, porque se quedaron allí clavados. Fue una estratagema básica pero efectiva. Cuando tuvieron acordado el servicio de un taxi acordaron también el servicio de grúa. Se volvían a El Crucero, aún más lejos de las dichosas tumbas indias, pero sin carburante no hacían nada. Decidieron que después explorarían otra ruta, o insistirían en la misma, pero en condiciones. El caso es que la grúa, cargada con el todoterreno, comenzó a circular en cuanto el taxi llegó junto a los mexicanos. El vehículo se detuvo y los chicos intentaron abrir las puertas, pero todas tenían el seguro bajado. El hombre les obsequió con una sonrisa y retomó la marcha siguiendo la estela de la grúa, alejándose ambos de Canteras, felices por la fructífera jornada de caza. Los mexicanos se quedaron de piedra. Y continuaron del mismo modo algún tiempo, hasta que días después lograron salir de allí.

Por mi parte, encontré una casa con habitación y comida. Canteras, con una población de casi mil personas y un par de cientos de transeúntes moviéndose de aquí para allá entre las tres calles del pueblo, me ofrecía una leve y agradable sensación de anonimato. Aun así, no me moví de mi alojamiento. Comer y descansar, ganar fuerzas, ya sabía lo que valían. Además, si Canteras era el comienzo del embudo hacia Puerto Carrión, mejor quedarse en el borde un tiempo para estudiar el terreno.

Dos hombres que dijeron ser policías hicieron una visita a la casera. Alquilaba seis habitaciones y sólo pedía los datos a quienes no tenían aires de llegar huyendo. Debería haber sido al revés, pero ella tenía sus cosas. Cuando revisaron las habitaciones y me encontraron, ella me lanzó un guiño que no cazaron y dijo que era su sobrino. Me pidieron los papeles y se puso como una furia, preguntando si los tontos también debían tener documentación.

—¡Desde cuándo se ha visto eso! Bastante tiene el muchacho con lo que tiene como para hacerle una foto y ponerle un sello. ¡Bendita sea Nuestra Señora!

Sobra decir que me hice el imbécil. Me ayudó el bloqueo en el que me sumí. Aun así, la mujer les enseñó un papel que algo diría porque la treta resultó convincente. Se largaron y ella volvió a entrar en mi habitación.

—Eran nuevos y de El Crucero —dijo, cerrando la puerta—. Y como yo ni soy nueva ni de El Crucero, ni tú imbécil, entenderás que estás en deuda conmigo.

Le pregunté a cuánto ascendía la deuda. Lo que respondió podía asumirlo, incluso le ofrecí dos lucas más. Le dije que necesitaba subir al tren minero para ir hasta Puerto Carrión y solicité su ayuda.

—Dicen que alguien mató a dos tipos hace unos días. A uno cerca de Mirandel y a otro al sur de Los Césares. Supongo que eres tú. ¿Es cierto eso?

Le conté la verdad, todo tal y como sucedió. Ella se limitó a comentar que ante una verdad tan endeble mejor escurrir el bulto.

—Lo que no sé es por qué os empeñáis en esa ruta si al final os cogen a todos. En cuanto a lo de subir al tren, me temo que es complicado, lo vigilan con perros y guardias. Ya me dirás el motivo, si es pura piedra lo que llevan. ¿Por qué no le echas huevos y te largas a Nueva Génova? Está más lejos y es más complicado, pero la recompensa es que podrás rezar a Nuestra Señora y hasta encontrar el tesoro de las tumbas indias, si te lo propones.

No di importancia a sus palabras. Las tumbas indias, mermelada para incautos. Pero no iba a picar. Visto el percal de los habitantes de Las Planas, lo más probable era que dicho lugar fuera el centro de sacrificios humanos de la comarca. Le pagué lo que debía más el importe de la salvación, le compré comida y agua y me largué de Canteras. Ya era de noche. Un paso delante y otro detrás, así de sencillo durante doscientos kilómetros hasta Puerto Carrión. Allí subirme a un mercante, cruzar el océano e ir a tu encuentro, hermanito. La Coquita ya no era mi destino, allí nada podría arreglar. Me seguían de cerca. Era muy posible que en Santa Clara, e incluso en El Crucero, se estuvieran distribuyendo carteles con mi nombre. Si al menos hubiera matado a esos dos fulanos, habría ganado algo con la experiencia.

Sentí el convoy cuando ya clareaba. Primero lo escuché lejano, después el suelo comenzó a temblar. Poco más tarde, justo cuando el sol despuntaba sobre el desierto, vi el haz de luz de su inmenso foco. Pasó a mi lado con furia y en su remolino, al igual que aquella vez en El Muerto, el último vagón cagó para mí otra pesada piedra con incrustaciones brillantes. Entonces pensé en las tumbas indias, y más tarde en mi tío abuelo Juan Gandiaga, O Negro Doniños, en los tesoros que debía guardar en algún agujero del Caribe. ¿Contrabandista, pirata o un miserable que contribuyó a enriquecer las leyendas de la familia?

—¿Y la tía Asun? Uno guardaba todas las sílabas y a la otra le habían capado la última, pero ambos se esfumaron, con sílabas o sin ellas no dejaron más rastro que el vago recuerdo de sus nombres. Y eso es lo importante, hermanito. ¿Nos esfumaremos tú y yo en Las Planas o me ayudarás a dar la cara? ¿Continuaremos lo que comenzó de modo tan espectacular o esperaremos el milagro de nunca jamás?

Me senté sobre las vías y comí algo al tiempo que una leve sensación de peligro comenzó a rodearme. No era un peligro inmediato, sino un peligro que llegaba para instalarse a medio plazo. Entonces miré al cielo y encontré que un azul intenso y uniforme me daba los buenos días.

—En un par de horas te voy a joder entero. ¿Te has traído un sombrero?

Observé el horizonte, el sol era un toro de fuego recién echado a las calles, una bola rabiosa, incandescente y sin afeitar. Me pareció escuchar un clarín en algún lado. El toro comenzó a trepar por el horizonte y a cornear a destajo. No tenía muleta, pero sí un paraguas a modo de burladero. Poco después saltó el viento, lo hacía temprano esa mañana. Primero a ras de tierra, como tentando el espacio, después a su aire, pletórico y contra mi avance. Toro y viento son los mayores enemigos del maestro. ¿Manolete o Bienvenida, quién era yo? Al primero lo mató el toro, al segundo una becerra. A ambos les hicieron coplas... *Sonrisa compartida y alta la frente, sonrisa compartida y alta la frente...* Imposible. Ni Manolete ni Bienvenida. ¿Tal vez Dominguín? ¿Alguien le hizo coplas a Dominguín o se las hizo él mismo?... *Un día blanco y al otro negro, pero siempre con un cien por cien de sinceridad...* El caso es que a ninguno de ellos les faltaban sílabas, y con nombres tan largos... *Volaron patos silvestres hasta los juncos del río...* ¿Cómo murió Dominguín?... *Una vía sin fin, una vía partida...* Puede que esto último fuera un tango.

Fue un gran logro, en base a un gran esfuerzo, calcular los kilómetros que llevaba recorridos. Los números y los tiempos culebreaban en mi cerebro. Era difícil engancharlos y ponerlos en fila. El sol me evaporaba las decenas, y me disminuía las centenas. Supuse que había caminado unos treinta kilómetros. Tras unos minutos caí en la cuenta de que aún me faltaban ciento setenta más. Fue entonces cuando vi cómo mi amigo el cuervo giraba sobre mi vertical en su avioneta de buitre. Quise saludarle, pero giré de tal modo el cuello que al instante me envolvió un desvanecimiento y caí al suelo inconsciente.

La tumba india de un tío que hizo el indio en el colador previo al embudo de Puerto Carrión. Cuando desperté, el viento había arreciado y el paraguas yacía destrozado a unas decenas de metros. ¿Por qué tuve que moverme de La Coquita? Plantarme ante la casa, esperar a la policía y afrontar los hechos tal y como sucedieron. Mire, señor agente, al gordo de Santa Clara le dio un ataque y después se lo comieron los perros. No he tocado ni su coche.

—¿Y a Edurne? ¿Le tocaste bajo la bóveda vegetal y la complicidad de media docena de gatos? ¿Cómo sucedió aquello? Acabarás por contármelo todo, lo arreglaremos y podremos largarnos a Galicia para escuchar las historias de Loren, Polo, Poli, Emi, Paco, Paca, Concha, Fran, Fede, Raimun y tantos otros. Y después visitar algún club náutico, abordar un velero de catorce metros de eslora e ir en busca de los tesoros de O Negro Doniños, el tío Juan, el único con un par de pelotas y todas las sílabas. ¿No te convence, hermanito?

A mi familia le faltaban sílabas, pero eran sílabas sin sentido. La que yo perdí, en cambio, sonaba a fatalidad.

Ocupé cierto tiempo en recoger algunas piedras. Eran planas y anchas y asentaban bien, con lo que en unos minutos levanté un pequeño muro curvado para que me brindara algo de sombra durante el mediodía. Logré dormirme y en sueños me dispuse a bautizar el lugar. Pensé en La Sombra, nada original, pero es que hasta en sueños estaba agotado. Después recordé al capitán Cook y me pareció agradable seguirle el rastro para ver hacia qué mares se dirigía y qué nuevas tierras descubría para mayor gloria de la Gran Bretaña. Partió desde Plymouth y navegó hacia el Ecuador. Embocó el saco de una bahía, sorteó la barra de un río que allí desaguaba, remontó la ría hasta el límite de las mareas y desembarcó en las *txoznas* del Arenal para compartir un *kalimotxo* tras otro con los indígenas del lugar. Increíble Cook, que mucho antes que Sir de La Sota ya unió esas lejanas tierras con la madre Inglaterra. Así que tenía un montón de nombres a mi disposición, pero cuando desperté no recordaba sino el primero, por lo que el lugar quedó bautizado como La Sombra y los avatares de las muy bilbaínas navegaciones de Cook se diluyeron en la vulgaridad de un naufragio en Las Planas. ¿Qué eran ciento setenta kilómetros si en treinta casi había muerto? ¿Un reto o un suicidio? ¿Plusmarca regional del Canteras-Puerto Carrión o un esqueleto para que el viento jugara a las tabas? Nada de eso. Tan sólo un paseo, un poco dilatado pero no más que una caminata, como de Bilbao a Burgos, o de Milwaukee a Saratoga. Me levanté, pero me volvió el mareo y vomité. Se retiró el sol y volví a levantarme. Bebí un trago de agua y comí unas galletas. Gorda se luce, flaca desluce. Allí estaba, asomando por el sureste. Entonces pensé en los perros, en cómo me helaría la sangre el primer aullido.

¿En qué tiempo verbal me encuentro en aquel momento? ¿Estuve, estaré o estoy caminando? ¿Cuántos kilómetros habría hecho mañana? ¿Se acabará el agua ayer o aún quedó un poco del domingo que viene? ¿No dijo alguien a su pueblo que lo guiaría a través del desierto? Me encontré levantando otro murete curvado, esta vez menos alto, más endeble. Cuando acabé, vomité lo poco que tenía digno de ser vomitado, que no eran sino mis tripas y algo de sangre. Me tumbé, pero no logré dormir. Fue una espera larga y vacía mirando hacia el sur, tras la efímera diagonal de una sombra. Pasaron las horas y oscureció. Debía levantarme y continuar, pero no podía. Entonces vi una luz a lo lejos, avanzando a mi encuentro a ras de tierra. El tren no, pensé. En cuanto la luz se duplicó supe que era un vehículo. Avanzaba deprisa por la parte de la vía en la que me encontraba tirado. Me incorporé, vaya que si lo hice, incluso trepé al talud de la vía para hacerles señas agitando los brazos. Es una temeridad conducir de noche a esa velocidad fuera de las pistas. Pasa uno por un lugar habitado como La Sombra Segunda Parte, no hace caso de las señales de cincuenta máximo y se lleva por delante el primer murete de piedra que le sale al paso, además de reventar un neumático.

Sus rostros me resultaban familiares. ¿En qué galeón habíamos navegado juntos? Yo debía de parecer un fantasma, porque uno de ellos me lanzó un puñetazo al estómago para cerciorarse de que era de carne y hueso. Después me acusó de haberles puesto una trampa. Me alumbraron con linternas mientras, de rodillas, aguantaba el dolor. Uno de ellos se arrodilló conmigo.

—¿Duele? —me preguntó.

—¿No es el tío que llevamos hasta Canteras?

—Lo parece.

—¿Qué carajo haces por aquí?

No pude responderles nada, con recuperar la respiración tenía suficiente.

—Pues ahorita mismo nos va a cambiar la rueda.

—Déjalo, no puede ni tenerse en pie.

Tenía razón, estaba mejor en el suelo. Lo único que alcancé a decirles, cuando reuní fuerzas, era que no me dejasen allí. Ellos no respondieron, afanados en reparar el vehículo, que no era el que se dejaron robar en Canteras de un modo tan humillante, sino una especie de camioneta carrozada a base de rotaflex y soldaduras caseras en la que descubrí, para mi sorpresa, algunos toques amarillos bajo la burda pintura negra con la que acababan de cubrirlo. Les tenía que estar costando una pasta el viaje, y un montón de inolvidables momentos entre granujas. Llegué a pensar que, en vez de mexicanos, esos tres tíos eran japoneses.

—¿Cuánto queda hasta Puerto Carrión? —me preguntaron, tras cambiar la rueda y comprobar que no había más desperfectos.

—Unos ciento setenta kilómetros.

—¿Y vamos a continuar de noche? —se preguntaron a sí mismos.

Dudaron.

—Seguro que hay más locos como este poniendo trampas por el camino. Es peligroso.

Entonces aulló el primer perro. En el lapso de un par de segundos de tenso silencio el resto le hizo los coros.

—Iremos, despacito pero iremos.

Me subieron al vehículo. Bebí agua, comí un sándwich y descansé de nuevo. Era una batería recargable. ¿Cuál sería mi vida útil? Y la que fuera, ¿para qué me serviría? ¿Ayudaba a mi pueblo a cruzar el desierto o me sentaba en el sofá del salón para ver cómo engalanaban la plaza?

Desperté porque discutían. Era absurdo. Uno de ellos quería internarse hacia el sur por una pista que había saltado al paso. Dijo que estaba seguro de que las tumbas indias estaban en esa dirección y que Puerto Carrión no le interesaba lo más mínimo. Era el que conducía y detuvo el vehículo. Aún era noche cerrada.

—Este hombre necesita un médico —dijo uno de ellos.

—No tiene pinta de morirse.

No era lógico que tomaran esa pista. Ya se habían perdido un par de veces. Ignorar las informaciones certeras y optar por las hipotéticas les perdería de nuevo. Y a mí con ellos. Pero el conductor insistía.

—De Puerto Carrión a Nueva Génova hay unos ciento cincuenta kilómetros hacia el sur. Si las tumbas indias quedan a unos cien kilómetros al noroeste de Nueva Génova, significa que en este momento estamos, aproximadamente, a menos de cien kilómetros al norte de nuestro objetivo. Y resulta que se nos ofrece esta pista. ¿Dónde pensáis que nos puede llevar? ¿A qué carajo hemos venido hasta aquí?

Fue de ese modo, tras esa arenga, que a un tiro de Puerto Carrión me desvié hacia el sur por una pista que, como tantas otras, acabaría fundiéndose con la tierra de Las Planas. Diez, veinte, treinta kilómetros y sucedió, pero el que conducía no se rendía tan fácil.

—Campo a través —dijo.

—Olvídalo, nos volvemos a la vía —dijo otro.

—Campo a través —insistió, sin quitar el pie del acelerador.

A mí me pareció una estupidez rotunda.

—Campo a través no. Parece plano pero no lo es en absoluto, esa es la trampa de Las Planas, que te acostumbras. Romperéis el coche, pincharéis las cuatro ruedas y os quedaréis sin gasolina. Ya sabéis lo que eso significa. Los perros, quiero decir.

Guardaron silencio. Lo que les decía era cierto.

—¿Por qué no descansáis un rato? Lleváis horas conduciendo. Después regresamos a las vías y seguimos hasta Puerto Carrión. ¿Sabéis? Tengo dinero y puedo pagaros el favor.

Fue como si agradecieran que les ofreciera motivos para reflexionar sobre lo que debían hacer. El temor a continuar les mantenía en silencio. Sin más discusiones, decidieron pasar allí el amanecer y las primeras horas del día para continuar el viaje más descansados. Tenían ante sí unas horas de merecido descanso. Podrían dormir como benditos. Les juré que velaría su sueño avisándoles en cuanto sintiera la presencia del menor peligro. Montaron la tienda de campaña, cocinaron unas tortas de harina y huevo en un hornillo y contemplaron las primeras señales del alba.

—Precioso —comentó uno.

Yo sonreí y le dije que en unas horas el sol se convertiría en un toro con astas de fuego.

—Somos mexicanos, ya sabemos de desiertos.

Le dije que, en tal caso, sabría que cada desierto tiene una particularidad que lo hace diferente a los demás.

—¿Y cuál es la de este?

—Un desierto asesino con pistas que se desvanecen como espejismos. Un páramo donde el sol no tiene otra misión que calcinar todo aquello que se mueve por la superficie y que no hayan devorado antes las jaurías de perros.

Para adornar el asunto le hablé de cómo en Mirandel se comieron a dos niños y en La Coquita a un gordo, y cómo por ese motivo le habían cogido el gusto a la carne humana. Entonces lancé un breve aullido que rematé con un par de gruñidos. Preguntó por los perros, si no sería recomendable encender un fuego para mantenerlos alejados. Le dije que al amanecer los perros hacían la digestión en sus madrigueras subterráneas, pero que si quería encender un fuego no había problema, sólo tenía que encontrar algo de leña. El chico miró alrededor y sonrió sin ganas. Le animé reiterándole que me quedaría de guardia, que durmiera tranquilo para al día siguiente llegar hasta las tumbas indias.

—Pura aventura —dijo—. Eso es lo que buscamos, yo al menos.

Le dije que si esas tumbas eran las que yo conocía no había nada especial en ellas. Un montón de piedras.

—Las localizó en 1957 un arqueólogo de Ciudad de México. Pero sus informaciones desaparecieron, lo mismo que él. Ahora esas tumbas son como fantasmas. En cuanto preguntamos por ellas a cualquier habitante de Las Planas, se le tuerce la expresión. Tú has sido el único que no se contrarió, por eso sospechamos que no eres de Las Planas.

Lo dijo sin malicia. Aun así, repetí que vivía desde hacía mucho tiempo en Las Planas y que jamás había conocido otra tierra que esa, pero que en absoluto pretendía comportarme como el resto de mis lugareños, ni conocer al dedillo todo el cuadrante.

—¿Y qué hay en esas tumbas? —pregunté.

El chico guardó silencio y miró a sus compañeros. El que mandaba el grupo contestó por él.

—Dicen que un conjunto de mapas al que el arqueólogo se refería como el atlas de Castiella, una especie de mapamundi muy antiguo.

De inmediato pensé en Farella y sus extraños habitantes.

—Otra cosa más. ¿Dónde comprasteis este coche?

—En El Crucero, a un hombre que dijo ser de Los Césares. No tiene lujos, como ves, pero parece duro y tiene buen motor.

Sonreí al pensar el modo por el que aquel trasto amarillo volvía a mi encuentro, tan tostado y tan plebeyo. Se metieron en la tienda y pronto se quedaron dormidos. Me acomodé en el asiento trasero del coche y me tumbé para dormir un rato. Tras despertar de un sueño profundo y ajeno a todo, ajeno a conciencia por la seguridad de lo que ocurriría, vi que alrededor del vehículo, en un panorama pavoroso pero superable, se esparcían retazos de tela, mucha sangre y ni un solo resto humano. La jauría debió de ser tan silenciosa y rápida como numerosa. Un trabajo excelente en su género. Me puse a buscar las llaves del coche entre los pedazos de lo que supuse una chamarra, pero lo dejé cuando comprobé que el vehículo tenía hecho el puente y no había más que juntar un par de cables para ponerlo en marcha. Cosa que hice sin perder un segundo.

El resto del viaje fue como la seda, ni un solo contratiempo. El paisaje fluía monotemático y la carnicería pasó al archivo de lo rutinario, en el apartado de prescindibles. Unos pocos kilómetros antes de Puerto Carrión encontré una pista que tiraba hacia el norte. Conduje por ella durante un par de minutos, me bajé del vehículo y allí lo dejé, para quien lo necesitara. Entré en Puerto Carrión descansado, incluso despreocupado. Tras lo que había superado, ¿qué circunstancia o persona sería capaz de detenerme? Sucede que cuando se ha logrado algo grande, como cruzar vivo el desierto de Las Planas, el cuerpo y la mente se relajan de tal modo que la realidad se transforma en un campo de algodón dorándose ante el atardecer.

—¿Tú qué sentiste aquella tarde en El Arenal, hermanito? ¿De dónde sacaste el valor para enfrentarte a esa jauría? ¿Del alcohol? No me lo creo, aunque me lo juraras mil veces no lo haría, los borrachos no se enredan en ese tipo de actuaciones ¿Fue por el viejo? ¿Para que supiera de una vez, incluso muerto, quiénes éramos unos y quiénes otros?

Pregunté por los muelles. Me dijeron que en línea recta. Llegué a la orilla al cabo de pocos minutos. Aunque un cartel indicaba que allí había un puerto, yo no lo encontré por ningún lado. No me preocupé, el sosiego había penetrado en mi interior y un sospechoso bienestar inundaba mi comportamiento, suave como la nieve. Junto a un pilón de barriles y un camión en pedazos vi una caseta de madera en cuyo interior se movía un individuo.

—¿Estoy en el puerto de Puerto Carrión? —le pregunté, tras llamar a su puerta.

—Lo fue.

—¿Ya no lo es?

—Desde ayer que no.

Pensé que estaba loco. Le pedí que se explicara y se limitó a decir que ya lo tenían todo desmantelado.

—No se puede hacer desaparecer un puerto de la noche a la mañana, es imposible —le dije.

—¿Qué tipo de puerto pensaba usted que era este, señor?

Fue el señor del final de su frase lo que me descentró, pero también la pregunta en sí. ¿Qué esperaba encontrar en Puerto Carrión? ¿Un barco de vuelta a casa o una línea de costa por la que regresar hacia La Coquita, si no quedaba más remedio? En todo caso, yo pensaba en...

—¿El mar?

—¿El mar? ¡Válgame Nuestra Señora! El mar queda a trescientos kilómetros de aquí, señor. Esto es un río, ancho pero río, sólo eso.

Se quedó observando mi desconcierto.

—Tengo una cafetera en el fuego. Si quiere pasar,

mete usted algo caliente en el cuerpo y espabila un poco.

Acepté su invitación. Era un chamizo confortable, con una estufa de madera y un par de butacas a cada lado. El café comenzó a borbotear su aroma. Eran un espacio y un momento especialmente diseñados para la conversación. Dijo que se apellidaba Schultz y que provenía de una familia de comerciantes oriunda de Eslovaquia, de donde tuvieron que salir por patas cuando Hitler y los suyos comenzaron a pasearse por Europa. También que las canteras de Canteras estaban agotadas y que el gobierno detendría la producción en un par de días, lo que significaba que Puerto Carrión ya no tenía sentido.

—De todos modos, ni siquiera había un muelle de atraque, o un pantalán. Del tren al buque mediante cargaderos aéreos, así de sencillo.

—Ayer vi pasar un tren de mercancías que venía de Canteras.

—Y ayer a última hora partió el último mercante de Puerto Carrión. ¿Y dice usted que ha venido desde Canteras?

Le dije que no, que llegaba de mucho más lejos aún y que lo había hecho caminando.

—Muchas y grandes serán sus culpas entonces. Los hombres de ley vienen por otros medios. Ya he visto otros como usted por aquí, señor. Igual de confundidos.

Me invitaba a café y me llamaba señor aunque supiera que era un fugitivo. Debía de ser un samaritano que hizo escala en Centroeuropa para acabar instalándose en Las Planas. Aún no me había preguntado de dónde era ni hacia dónde me dirigía, el origen de mi acento o mi nombre y dos apellidos.

—Si le extraña no ver a la policía por aquí es porque han movido el puesto hasta La Suerte y han reforzado el de Nueva Génova. Saben que todos ustedes pasarán por un lado u otro, y que si no lo hacen es porque han sucumbido a Las Planas. Desde luego, me parece algo inhumano. ¿No cree, señor?

¿Cómo era aquel hombre físicamente? Apenas le recuerdo, pero no diría que no le había visto antes.

—Hasta Nueva Génova hay ciento sesenta kilómetros hacia el sur y hasta La Suerte ciento diez hacia el norte. Todo lleno de perros. Por aquí no subvencionan su caza, como por la parte de El Crucero.

Visto el panorama, pensé en regresar hasta el vehículo y conducir por la carretera general hasta Nueva Génova. Una vez a la vista del pueblo, abandonaría de nuevo el coche y me las ingeniaría para despistar a la policía. Le pregunté si desde Nueva Génova podría llegar hasta algún puerto de mar.

—La verdad es que no lo sé. Hay un puente que salta al otro lado del río, pero por lo visto, al otro lado no hay sino un panorama similar a este. ¿No le parece bastante lo que lleva recorrido? Ha aguantado usted como un animal. Desde La Coquita, ni más ni menos, señor Idókiliz Gandiaga.

Fue la sorpresa tras escuchar mis apellidos lo que anuló el recuerdo de aquel hombre. Puede que comenzara a verle como un mago y que, con su capa y su cucurucho estrellados, su memoria se mezclara en el archivo de los cuentos infantiles, tan confuso y profundo que sólo en los sueños más retorcidos salía a la luz.

—¿Quiere cruzar a la otra orilla o volverse a La Coquita? Alguna vez tendrá que decidirse.

Aunque no vi su varita mágica, ni tenía cerca libro alguno de encantamientos, confié en él y le dije que quería saltar a la otra orilla.

—Entonces yo le llevaré, pero antes brindemos por su valor. ¿Le gusta el fude? Este es algo fuerte, pero es lo único que tengo.

Bebimos fude, un aguardiente violento y maleducado que te lacera el esófago y escupe en tu interior. Me olvidé de que apenas probé el alcohol el tiempo que pasé en La Coquita. Se me durmió la garganta y el fude se abrió camino en mi interior como si manejara un machete. Le pregunté cómo sabía mi nombre, pero se limitó a decir que reconocer mis culpas me haría aún más noble. Bebimos hasta acabar la botella. El hombre abrió una segunda y continuó hablando de esto y de aquello, de Las Planas, de las pistas, de los perros y del santuario de Nuestra Señora. Pero en cuanto le nombré las tumbas indias y el atlas de Castiella se quedó mudo. Dijo que era la primera vez que oía esos dos nombres.

—Vamos, hombre, esa patraña del atlas de Castiella —comenté, divertido ante su reacción—. ¿Qué fue del arqueólogo mexicano que descubrió el pastel?

Y sobre todo, ¿dónde está el pastel ahora? ¿Sabe una cosa, señor? Que estoy cansado de que me traten como a un criminal cuando todos ustedes no son más que una cuadrilla de ladrones. Así que no venga con culpas ni leches. ¿Me ha entendido?

Afirmó con la cabeza. Después, en un susurro, dijo que cuando habló de las culpas se refería a aquellas que me traje del otro lado, de Bilbao. Entonces fui yo quien enmudeció.

—¿Quiere cruzar o no?

Salimos de la caseta y nos acercamos al borde del río, que discurría oscuro y lento. Se desnudó, indicándome que hiciera lo mismo. Dimos un último trago de fude y saltamos al agua.

Segunda parte
La plaza y las escaleras

Tras alcanzar la orilla, me volví para observar el cauce de la ría. Corriente abajo, el puente del Arenal se iluminaba con las luces de la Semana Grande. Comencé a caminar hacia el teatro Arriaga. Avanzaba desnudo. La ropa y el sentido común habían desaparecido, también las miradas de la gente, ajena ante mi paso. Dejé atrás el teatro. Bordeaba el Arenal en dirección a la plaza Nueva cuando vi el tumulto. Frente al café Boulevard, un grupo de gente corría de un lado para otro mientras sus voces entonaban consignas en medio de otros gritos más agudos. Me detuve. Había mucho barullo, pero en cuanto vi lo que estaba sucediendo reanudé la carrera y me interpuse entre aquel hombre y la multitud. Me arrodillé y extendí los brazos para que se detuviera el mundo, desnudo en medio de un silencio repentino que nadie pudo romper, un momento imposible.

—Le salvaste la vida. No hay nada más grande que eso. ¿Sabes lo que eres? Un héroe. Al menos para muchos lo eres, te lo juro.

Papelería Busturia, un pequeño negocio en el barrio bilbaíno de Deusto que heredé de mi padre. Tras su muerte, mi madre se volvió a Ferrol y yo me quedé con la papelería y con el piso. Yo y mi hermano, que estaba enfermo. Mi madre no quiso cargar con nosotros. *A Galicia me vuelvo sola, y eso ya es un buen premio*. Supuse que el premio era Galicia, ya que sola no estaría, desde luego. Tenemos mucha familia por allí, en realidad toda, porque somos gallegos. Y mi padre también, mucho más ahora que está muerto y no puede rebatirlo.

—Mira. Sólo te diré que he guardado la foto.

La mujer se sonrojó.

—Por lo que significa, quiero decir. En el mundo real no habrías estado solo, pero aquí en Euskadi...

Bajó la vista y echó mano a la cartera para pagar los libros de texto del curso escolar que estaba a punto de comenzar. Antes de depositar el dinero en mi mano, me miró a los ojos y sonrió.

—Vamos, que le echaste un par de cojones al enfrentarte a esa gentuza. ¿Sabes lo que dijo una amiga cuando...?

Entró un grupo de señoras. La mujer guardó silencio. Le di el cambio, recordándole que las carpetas de gomas me llegarían en un par de días, y se despidió. De seguido atendí a mis nuevas clientas, jamás las había visto antes.

—¿Tienes unas trescientas cartulinas verdes, rojas y blancas, majo?

Una semana antes de comenzar el curso escolar me llamó la policía. Querían que me acercara a la comisaría de Indautxu. Tenía un montón de trabajo y me excusé de mil maneras. Dijeron que era importante, pero que en media hora habría acabado. Volví a decirles que era imposible, entonces comentaron que enviaban un coche.

—No, un coche, no, por favor.

—Entiendo. Viene usted ahora mismo y por sus propios medios.

—Así es.

Cerré la librería dejando una nota en el cristal y me acerqué a Indautxu. Cuando estuve a una manzana de la puerta de la comisaría me detuve. Esperé unos minutos. No entraba ni salía nadie. ¿Cuántos ojos y desde qué lugares me verían si cruzaba ese umbral? Busqué una cabina y llamé por teléfono. Dije quién era, dónde estaba y lo que deseaba. Me pusieron a la espera, pero la línea se cortó. Llamé de nuevo y volví a explicarme. Esa vez no hubo espera.

—Si está usted a cien metros no pensará en serio que vamos a enviarle un coche, ¿verdad? Y si fue usted tan valiente para hacer lo que hizo no tendrá miedo de cruzar esa puerta, ¿no es así? Sea como sea, haga usted el favor de venir inmediatamente o le montamos en un coche celular y le damos un paseo por su barrio. ¿Me ha oído?

Tardé en decidirme. Cuando lo hice, avancé pegado a la pared de la acera de enfrente, cruzando veloz la calzada y entrando casi a la carrera en la comisaría. Los guardias de la entrada se lanzaron sobre mí, pero pronto comprendieron que estaba cagado de miedo. Dije quién era y me tuvieron arrinconado hasta que dos policías de paisano vinieron a buscarme. Entramos en un despacho y me pusieron algunas fotos delante.

—¿Reconoces a algunos?

Como a media docena, pero no abrí la boca. Ellos interpretaron mi silencio como una respuesta positiva.

—¿De qué les conoces?

De la calle, del Casco Viejo. Como hilos de araña, la mayoría de los jóvenes de Bilbao acudíamos allí para confeccionar frágiles, divertidas y etílicas redes de amistad. Seguí con la boca cerrada y ellos a lo suyo.

—¿Son de la misma cuadrilla?

No lo eran. Así se lo dije.

—Bueno, ahora que te sueltas, ¿qué dirías tú que tienen en común, además de verse por el Casco Viejo?

Comenté algunas posibilidades, pero la última fue la que más les convenció.

—¿La borrokada? —preguntaron, porque mi hilo de

voz se arrastraba por el suelo y tal vez no llegaba con claridad a sus oídos–. ¿Puedes explicarte?

Les dije que sabían muy bien a lo que me refería.

—¿Y tú eres de la borrokada esa?

Había salvado la vida a uno de sus compañeros. Esa pregunta estaba de más. De todos modos me lo callé y respondí con un no escueto.

—Entonces no te importará declarar contra ellos. Son algunos de los que tomaron parte en la paliza.

La escena sucedía en un despacho cercano a la puerta de la comisaría, podía decir que no y largarme. Y cuanto antes lo hiciera antes me verían salir, quienes fueran y desde donde fuera, e intuir que mi rostro contrariado y mi caminar ofuscado constituían una prueba de mi negativa a colaborar con la policía. Exactamente eso fue lo que hice, pero no sirvió de nada porque sus razones eran otras.

Al día siguiente, a eso de las once y media de la noche, volvieron a llamar por teléfono. Era de nuevo la policía, esta vez la municipal.

—¿Idókiliz Gandiaga?

Dije que sí.

—¿Es usted el dueño de la Papelería Busturia, en Deusto?

Lo fui. Me la dejaron por poco tiempo. El viejo se habría acojonado, incluso para él habría resultado casi incomprensible. Al menos durante unos pocos días, porque después, tras cualquier excursión al monte, subido a cualquier cima, habría confundido el humo del incendio con las nieblas de los valles.

—Será mejor que se acerque, a lo mejor puede salvar algo.

Cuando llegué, los bomberos ya se retiraban. Un fuego pequeño que se comió la tienda en diez minutos, dijo un agente. Como un accidente doméstico, como si la despensa se te llena de cucarachas o al retrete le da por no tragar más. Pregunté si se sabía cómo había ocurrido, si tenían alguna idea de quién había podido hacerlo.

—Los vecinos dicen que empezó dentro.

¿Y lo que decían ellos? A los vecinos ya les escuchaba. La mayoría estaban asomados a las ventanas, otros pocos en la calle, a esas horas de la noche y entre semana.

—¿No es ese el del Arenal, el de la foto del periódico?

—El Cristo del Arenal, el mismo, ese es.

—Pues vaya cristo que nos ha armado.

Les escuchaba con una claridad insuperable, que el fuego comenzó dentro, insistían.

—¿No hubo jaleo un poco antes? —pregunté.

—¿Jaleo? ¿A qué se refiere? —preguntó el agente.

—La calle estaba tranquila, no había nadie. Yo estaba asomado a la ventana —dijo un vecino, junto a nosotros.

—El fuego empezó dentro, estoy seguro —dijo otro.

Pedí al agente hablar a solas con él y le expliqué quién era y qué ocurría. Que resultaba imposible no considerar aquello como un ataque preconcebido. Le pregunté si se hacía una idea de la situación en la que me encontraba, pero su respuesta fue descorazonadora.

–Supongo que tendrá usted los seguros en regla.

Quise poner una denuncia, pero no la admitieron. Dijeron que antes había que esperar al dictamen de los peritos. Apenas quedaban días para el inicio del curso y había perdido todo el material recibido con anterioridad. Tenía unos cuantos encargos que no podría atender y algunos críos comenzarían sus clases sin libros. Intenté arreglar la situación alquilando un local cercano a la papelería y llamando de nuevo a los distribuidores, pero no pudo ser.

–Hay un letrero donde pone que se alquila y estoy llamando al teléfono que aparece en el cartel –dije al hombre que contestó–. No entiendo el problema, esa lonja lleva dos años con el cartel de se alquila.

Su respuesta fue que sí, pero que no, y que lo sentía mucho.

–No quiere que le caiga un poncho, ¿es eso?

No dijo nada porque con la pregunta le daba la respuesta.

–Lo que usted no sabe es que nadie está a salvo.

Preguntó a qué me refería, pero ya lo sabía. Todos teníamos claras las referencias y la mayoría prefería verlas actuar desde la ventana de casa, sentados en el butacón de orejeras.

—Son como perros.

Me dijo que estaba loco.

—Jaurías de perros por los montes.

Pasé un par de días sin salir de casa. Sobre la mesa de la cocina veía la portada del periódico y mi figura en cruz. No había entrado en casa otro periódico desde aquel. El tiempo se detuvo en aquella edición. Necesitaba ver a cada momento el gesto que desencadenó la situación en la que me encontraba para confirmar que había sucedido y que yo era el protagonista.

—¡Que no te acojonen, hermanito!

Algo imposible. Tenía miedo y el teléfono permanecía mudo de palabras de ánimo o protección. Sólo llamaban periodistas y políticos, a quienes rechazaba. Acabé desconectando la línea.

—¿Por qué, hermanito? Sin ellos la gente no sabe. ¿Sabes que han dado en la tele un vídeo con las imágenes? No son tan contundentes como la foto, claro, pero se te ve un poco. Alguien debía estar grabando borrachos en El Arenal y no se resistió a tu *performance*. Por eso te llaman tantos periodistas. En estos momentos, tu minga ha rebasado fronteras y está iluminando los televisores de medio mundo. Si te callas y no hablas con ellos, tu gesto quedará en el de un borracho, o peor aún, en el de un loco.

—Tienes que bajar a ver esto —me dijo el vecino que presidía la comunidad.

Pintaron todo el portal, por fuera y por dentro. Lo hicieron de madrugada. *Jo ta ke*, escrita en rojo, era la frase que más se repetía. Mi vecino me señaló el espejo. En el centro de una diana habían silueteado mi figura arrodillada y en cruz del Arenal. Me senté en las escaleras y mi vecino hizo lo mismo. Era un edificio de cuatro plantas y dos manos en cada planta.

—¿Qué piensas hacer?

Eso era lo principal. Al fin y al cabo fui yo quien comenzó todo salvando la vida a un policía. Parece rebuscado, pero pensar así es más sencillo de lo que parece cuando vives en un *tupperware*.

—¿Te ha llamado para darte las gracias, al menos?

Le dije que aún no era capaz de hablar. Que con respirar ya podía dar las gracias. También que llamaría a sus compañeros para denunciar aquello, lo del portal. Pero él dijo que nada de denuncias. Que se limpiaba y listo. La comunidad tenía bote y que por esa vez se pagaba a escote. Pero de policía nada. Yo le señalé la diana en el espejo.

—Eso será lo primero que limpiemos. Ni en la peor pesadilla quisiera verme reflejado ahí dentro.

Recibí dos cartas. Una era de mi madre. Me preguntaba qué tal estaba y cómo iba la papelería. Yo me quedé intrigado por saber si realmente desconocía mi situación o si se hacía la loca para no verse obligada a decirme que me fuera con ella. Después me daba recuerdos de todos; de la abuela Emi, de las tías Poli, Paca y Concha y del tío Celso. También decía que había recibido carta del tío Fran y la tía Jenny, que vivían en Australia. Les iba de maravilla y también me enviaban saludos. Se despedía con un lacónico Loren y en la base de la cuartilla cuadriculada se apreciaban dos gruesas manchas de café.

La otra carta no era tan cariñosa. Al contrario que en la de mi madre, se me recomendaba ahuecar el ala lo antes posible. Era una fotocopia de un texto escrito a máquina que logró desbaratar la calma que intentaba mantener. Volví a conectar el teléfono. Estaba dispuesto a llamar a mi madre para decirle que al día siguiente me plantaba en Ferrol cuando tocaron el timbre. Por la mirilla vi que era la policía. Dudé en abrir. Después imaginé que se habían hartado de llamar por teléfono y que no les quedó otro remedio que acercarse, pero que lo hacían con mucho gusto, para que nadie en el barrio pudiera negar que mi romance con la nacional era intenso y fluido. Les dejé pasar.

—No ha denunciado las pintadas —fue lo primero que dijeron.

Les pregunté qué deseaban.

—El gobierno le ha concedido la medalla al mérito civil. Deberá presentarse en Madrid pasado mañana.

Mérito civil y deberá presentarse no conjugan bien. Dije que ni iba a declarar ni aceptaba esa medalla, que lo único que recordaba de todo aquello era la gran resaca del día siguiente y la foto en los periódicos. Nada más.

—El agente a quien salvó la vida estará presente. Desea darle las gracias en persona.

Les llevé al salón. Rogándoles que no descorrieran las cortinas, les pedí que observaran la plaza que quedaba frente al edificio. Al cabo de unos segundos respondieron que no veían nada especial. Insistí en que miraran mejor, con otra mirada.

—Una mierda de plaza con media docena de árboles raquíticos —dijo uno de ellos, provocando la risa del otro—. ¿Qué quiere usted que veamos?

La plaza estaba llena de frases y palabras escritas en mayúsculas. Pintadas en las paredes, en carteles, colgando de las barandillas, extendidas entre los árboles, de banco a banco, de farola a farola, en algunos balcones y ventanas. Siempre estaban ahí, tan cotidianas que sin darte cuenta se te metían hasta el tuétano. Las veían sí, pero no comprendían su significado. Eran tan normales que se diluían en la umbría de una mierda de plaza con media docena de árboles raquíticos.

Me tendieron un sobre con la comunicación oficial de la concesión de la medalla y la documentación para el viaje. Pero no lo cogí. Y que tampoco declararía, insistí.

—Somos los únicos que podemos ayudarle.

Les dije que la distancia también podía ayudar en algo, y que de todos modos, presentándose en mi casa de ese modo, a la vista de todos los chivatos del barrio, no me ayudaban en nada.

—Primero le queman el negocio y después lo meten dentro de una diana. ¿Qué cree usted que será lo siguiente?

Lo siguiente fue el deseo. Se llamaba Edurne. La conocí en el parque de Doña Casilda, lugar al que acudía a menudo desde que no tuve otra cosa que hacer más que esconderme. Allí era un pato más, otra hoja de magnolio, otro tipo solitario sentado en el medio de un banco, para no compartirlo. Pero Edurne vino y quiso que lo compartiera con ella.

—Me llamo Edurne. ¿Y tú?

Dijo que mi nombre era raro, como si le faltara una sílaba. Me explicó que acababa de mudarse de Irún a Bilbao por motivos de trabajo y que solía verme en el parque.

—No conozco a mucha gente en Bilbao. Bueno, mejor dicho, no conozco a nadie. Trabajo ahí al lado, en unas oficinas, pero vivo en el barrio de Matiko.

Después, sin transición alguna pero con naturalidad, me preguntó si estaba casado o si tenía novia. Era guapa. Los ojos claros y la sonrisa fresca. Los hombres siempre hemos querido creer que ese tipo de historias son posibles.

Pasaron unos cuantos días y aún no se habían limpiado las pintadas del portal. La comunidad decidió ahorrarse el gasto porque sabían muy bien que volverían a pintarlo. Entonces hubo un incidente con una bolsa de deportes que alguien dejó olvidada dentro del portal. Un vecino llamó a la policía y el espectáculo duró un par de horas. Hasta que comprobaron que la bolsa sólo contenía tierra. Nada menos.

Esa noche se celebró una reunión de vecinos en el piso del administrador. Nos invitó a pasar al salón. Preguntó si queríamos tomar algo pero nadie abrió la boca. Cuanto antes termináramos mejor. Sentado en el borde de una silla escuché cómo la mayoría de mis vecinos trataban de explicar, enredándose en mil razonamientos cuyo origen era la palabra miedo, el por qué ellos, de estar en mi pellejo, venderían el piso y se largarían de Euskadi. Apenas les presté atención. Yo sólo quería subir a Matiko y aquella reunión me lo impedía.

La policía no volvió a molestarme, pero sí recibí la llamada del hombre a quien salvé la vida. Me dijo que aún se negaba a asumir que aquello que ocurrió fuera posible. El que yo apareciera de pronto y le rescatara del último tramo de una paliza mortal. Decía que donde en realidad estaba en esos momentos era en el cielo, y que desde allí me llamaba. Recordó lo ocurrido como una pesadilla. Cómo le reconocieron en las *txoznas*, después la persecución por el parque del Arenal y más tarde los golpes a las puertas de la iglesia de San Nicolás. Cómo corrió casi sin sentido hasta la entrada del café Boulevard, donde se desplomó y decidió dejarse matar. Entonces aparecí yo, como un milagro. Eso decía su madre: un ángel en forma de Cristo redentor.

Su voz sonaba contraída. Le rompieron la mandíbula en tres pedazos, pero sobre todo le llenaron las entrañas de miedo. Tenía que dejar la policía. Le habían extirpado el bazo y un riñón. Ya no podía. Ni quería. Le expliqué que sus compañeros de Bilbao insistían en que declarara en el juicio. Él me dijo que primero había que cogerlos, que aún no habían detenido a nadie. Y que aun así no sería sencillo lograr una condena. Ni las fotos ni el vídeo existentes constituían una prueba sólida. Mucho menos su testimonio, presa del pánico no era capaz de recordar rostro alguno.

Me preguntó si yo era capaz de recordar algunos rostros de los que le golpearon y le dije que sí. Entonces él también insistió en que debía declarar. Tal vez se agitó un poco. Comentó que jamás nos libraríamos de ese problema si no poníamos algo de nuestra parte. Al estilo de la policía, conociendo la respuesta de antemano, le pregunté a quiénes se refería. Dijo que a los propios vascos. Le respondí que yo era gallego, que mi padre y mi madre también lo eran, al igual que el resto de mi familia. Se quedó en silencio. Cuando volvió a hablar, en un tono radicalmente distinto, me dijo que estaba loco, que lo único que había ocurrido fue que el burro tocó la flauta y que hablaría con su madre sobre lo del ángel y Cristo redentor. Después se despidió y, de ese modo, quedé catalogado policialmente como un individuo excéntrico de identidad inclasificable. Algo que no sería de ninguna ayuda. ¿Qué opciones me quedaban? Volver a Galicia para romper la tranquilidad de mi madre comenzaba a puntuar como la más razonable, tal vez la única, después ya vería. Podría largarme a América y seguir los pasos de O Negro Doniños por las Antillas, o montar una nueva papelería en un lugar en el que realmente valiera la pena vivir, como Fuenteovejuna, por ejemplo.

Poco después, el teléfono volvió a sonar. Era Edurne. Le expliqué que la noche anterior se me hizo tarde y que nada me agradaría más que visitarla. Pero me frenó. Mejor al día siguiente, también por la noche.

Caminé paralelo a la ría hasta el ayuntamiento. En la otra margen, las grúas, los trenes de carga y algunos mercantes de poco calado, ocupaban el espacio situado entre el puente de Deusto y el de La Salve. Todo un puerto fluvial en declive, pensé. Subí hasta Matiko entre rampas, escaleras y muros por los que las zarzas se desbordaban. De vez en cuando, un gato huía sorprendido ante mi aparición. Son extraños los gatos, van por libre, no se juntan en manadas pero no te puedes fiar de ellos. Edurne me esperaba al final de un tramo de escaleras, poco antes de su portal.

—Estoy aquí —dijo.

Habría pasado a su lado sin detenerme.

—Siéntate a mi lado.

Lo hice. Había una farola escaleras abajo, pero la estrechez del paso entre esos dos muros ocultaba su resplandor. Apenas veía su rostro, sin embargo sentí su lengua, que entró en mí y se movió con dulzura. En unos segundos pasó de la dulzura al ardor. Pidió que la abrazara con fuerza, intensamente, que lo necesitaba. Era preciosa; un rostro de finales de agosto, un polvo, seiscientos kilómetros y Galicia. Una vez allí telefonearía al tío Fran. ¿Crees que habrá algo para mí en Melbourne, tío? Era el hermano menor de mi madre y sólo tenía cinco años más que yo. Oye, tío, la tía Jenny tendrá unas cuantas amigas, ¿verdad?

Edurne buscaba la mejor postura para que la penetrara, a la vez que se abrazaba a mi espalda. Conseguí clavarla. Ella hincó sus uñas y desplazó su mano a lo largo de mi costado. Lancé un grito de dolor mientras me movía dentro de ella como un epiléptico. Busqué su cuello para morderlo y lo hice. Soltó un gemido, creí que le gustaba y mordí con más intensidad, entonces lanzó el primer grito. Se levantó una persiana, pero no hice caso. Quería correrme y no pararía hasta lograrlo. Gritó una segunda vez, con más intensidad aún. Alguien preguntó qué ocurría, quién andaba por allí. Entonces me detuve y me puse en pie. Edurne también se incorporó. Al hacerlo, tropezó y cayó por las escaleras. Cuando llegó al final no gritó más.

Permanecí inmóvil durante unos minutos. El temor a comprobar que se había partido el cuello me bloqueaba. Al cabo de unos segundos escuché voces que subían por las escaleras. Entonces reaccioné. Corrí escaleras arriba, salté las vías del tren y descendí por la calle Tívoli para alcanzar la orilla de la ría. Paso a paso, sin mirar hacia atrás en ningún momento, mi corazón suavizó su frecuencia. Volvía a casa, al menos esa era mi intención.

Subía la marea hasta La Peña. Primero el océano, después el río, más allá los montes. Me sentía de puntillas en el más alto, con un tutú de bailarina en pleno invierno, un anticipo del hielo, de los escalofríos.

De todos modos, lo que me despertó fueron sus patadas en la espalda.

—Os dije que siempre volvía a su casa por aquí, ¿veis?

Estábamos en una de las escaleras que descendían hasta el cauce de la ría.

—Ábrele la boca.

Presionaban mi cabeza contra el suelo. Lograron abrirme la boca. A mi lado, un periódico amarilleaba; en Polonia andaban revueltos los de los astilleros, Beirut se caía a pedazos y un escritor apellidado Capote había fallecido en California.

—Santaclaras, capullo, un par de cartoncitos. Te vas a un viaje que no acaba nunca.

Se puso a mi altura, tumbado en el suelo. Reconocí su rostro al instante; cejas peludas, nariz chata y ojos enanos. Era el perro más grande de la jauría, el que dirigió a los otros en la paliza al policía. Apartó el periódico de un manotazo. De seguido, me quitaron el tutú y me bajaron del monte a patadas. La orilla de la ría era un tiovivo de reflejos, las olas rompían en los rápidos de Abando y en mi cabeza. Busqué algunas palabras y las encontré, pero no logré pronunciarlas. Era como si mi hermano colgara de mis cuerdas vocales, anulándolas.

—¿Estás listo?

Me empujó con el pie y caí al agua. Quise bucear pero no pude. Me hundía y el fondo no llegaba. Una ría sin fondo.

116

Tercera parte
Las rutas y los desiertos

Supe que estaba loco en cuanto asomé la cabeza a la superficie y vi un cartel con el nombre de la ciudad: Santa Clara. Tan blanco, tan hiriente. Estaba loco y con licencia para hacer locuras. El agua sucia del río recorría el cuerpo y las ropas y formaba un charco a mis pies. Ni siquiera tenía escalofríos. Entré en un bar. El hombre tras la barra preguntó qué iba a ser. Abrí los labios y estos pronunciaron la palabra fude. Me sirvió un vaso largo que bebí de un trago.

—Quiero perderme por un tiempo —le dije.

—Para eso no sé.

—¿Y quién es el que sabe?

—Vaya al centro.

—Ahórreme trabajo y yo le ahorraré problemas.

Entonces me dio una dirección. Fue así de sencillo. Después, en un despacho de un edificio del centro, un tipo grande y presuntuoso preguntó cómo me llamaba, pero yo sólo le dije los apellidos.

—Idókiliz Gandiaga.

Y que de dónde venía.

—De España.

Y por qué huía.

—No huyo. Estoy perdido y quiero perderme aún más.

Entonces me habló de los cuadrantes. Que el gobierno había parcelado el territorio y que la mejor zona para perderse era el cuadrante Las Planas, en concreto el lugar de La Coquita. Dejó bien claro cuánto me cobraría y que todo iría bien mientras la policía, la Interpol o Caperucita Roja no preguntaran por mí.

—Ahí no me mojo. Yo sólo escondo locos y usted parece que lo está. Y sólo dos años como máximo, porque alguien que se esconde durante más de dos años deja de ser un loco y se convierte en un estorbo para la humanidad.

Le habría matado allí mismo. Lo juro.

—¿Sabe dónde queda La Coquita?

—En el cuadrante Las Planas, lo ha dicho usted.

¿Me dijo cómo se llamaba? ¿Se lo pregunté?

—Ya, pero ¿sabría cómo llegar? Tendrá que hacerlo por sus propios medios. Si quiere esconderse con calidad no sería correcto que le llevara alguien de Santa Clara, por aquí somos pocos los de fiar.

—¿Quiere decir que tendré que ir andando?

—¿Andando? ¡Por Nuestra Señora! Hay casi cuatrocientos kilómetros hasta La Coquita.

—Lléveme usted, entonces.

—Lo haría con mucho gusto, así aprovechaba para hacer una visita a la casa. La levantó mi padre hace muchos años y ahora estará hecha una pena. Pero el caso es que estoy sin vehículo por unos días. Me deshice del viejo y estoy a la espera de uno nuevo, un todoterreno japonés que se moverá como un rayo sobre esta república de perdedores. Porque eso es este país, amigo, y el cuadrante Las Planas el cuarto oscuro donde acaban los que más han perdido. Créame, va a esconderse usted en el mejor lugar posible.

Guardó silencio y se quedó observándome, reteniéndome en su cerebro.

—Lo que le digo es que coja un autobús hasta Peralta, que es lo máximo que se internan los servicios públicos en Las Planas, y que después se las ingenie para salvar los cincuenta o sesenta kilómetros hasta El Crucero. Allí le estará esperando alguien de mi confianza y le acercará hasta La Coquita.

—¿Y en El Crucero son de fiar? —le pregunté.

—En absoluto, pero como están todos locos seguro que hace grandes amigos. Y tenga mucho cuidado con los perros.

Le pregunté si también los perros estaban locos.

—Los perros son perros. Se mueven en jaurías y está más que demostrado que les gusta la carne humana.

El mundo estaba cabeza abajo y lo tomé como venía. El hombre que fue a buscarme a Peralta no habló en los doscientos kilómetros que median hasta La Coquita. Yo tampoco. Escuchábamos el rodar de su jeep por las pistas de Las Planas y veíamos cómo el horizonte reventaba hacia todos los lados, inmenso. Sólo cuando llegamos a La Coquita charlamos un poco.

—Si necesita algo estoy en Mirandel, unos veinte kilómetros hacia el norte. Tengo de todo, y si no, se lo consigo. Pero venga de día, porque de noche andan los perros.

—Ya me advirtieron.

—Pues yo le advierto aún más, no es ninguna broma. El año pasado me mataron dos críos... y se los comieron.

Se largó en su jeep, dejando tras de sí una columna de polvo. Era invierno y la tierra estaba apelmazada, pero el cuadrante Las Planas se halla en constante expansión y es en forma de polvo y matojos como gana terreno.

Cuando entré en la casa, mi hermano me saludó con naturalidad. No supe qué decir. No lo entendía, ni esperaba encontrarlo allí, pero así venían las cosas, del revés.

—Ya has tardado en aparecer, joder. Empezaba a estar hasta las pelotas de esperarte. ¿Dónde cojones te has metido?

Tomé una silla y me senté.

—Tú y yo podemos hacer algunas cosas, hermanito. Con tu demencia y mi inteligencia podríamos arreglar algunas cosillas por allí y después largarnos. Un pasito delante y otro detrás, pero hay que ponerse en marcha ya mismo.

No sabía el motivo de tanta urgencia. Sólo recordaba la silla en la que me sentaba y que hablaba contra una pared. Estás loco, me dije, aquel hombre de Santa Clara tenía razón. Pero la pared insistió en continuar la charla.

—¿Y de tu nombre te acuerdas, querido Sera?

Me atacó un escalofrío y tuve que encogerme sobre mí mismo.

—Te pusieron Serafín, para que fueras sólo Sera y el fin se te cagara. ¡Cómo se odiaban, eh! Estanis y Loren. Tan podridos de odio que no cayeron en la cuenta de que te dejaban en el limbo. La una para un lado, el otro para el contrario y un montón de tierra de por medio.

Dejé la silla y me tumbé sobre la cama. Pero mi hermano estaba dispuesto a no callar.

—¿Qué tendrá la tierra, hermanito, que algunos se la meten en el bolsillo y la hacen suya? Eso es, se meten un terrón en la boca y dejan que les crezca un fósil, y cuando hablan ya no es su voz, sino la voz de la tierra, con raíces, gusanos y todo. Eso dicen.

El cansancio fue ganando espacio; los párpados caían, la respiración se ralentizaba, pero los pensamientos no paraban. No pude dormir, ni siquiera lo intenté.

—Si nos largamos de aquí ahora mismo, te juro que todo esto sí que tendrá un fin, hermanito. Consiste en tomar las riendas y apretar hasta el final sin fiarse de nadie, ni en Las Planas ni en Euskadi ni en Galicia. Ser tú mismo a lo grande y punto en boca a todo dios. Porque tú eres Serafín, joder, con todas las sílabas. ¿Me has entendido? ¿Lo harás? Me cago en la hostia, ¿lo harás o no?

Pasaron algunos días. La casa era pequeña, pero no una cochambre. Si uno afilaba el olfato aún se podía sentir el olor de un espacio habitado con anterioridad. Incluso había agua fresca en una tina, junto a la cocina.

—Esto está muy bien, pero te juro que tras año y medio aquí, acabas año y medio más loco. ¡Vámonos de una puta vez!

Entonces, proveniente de Mirandel, apareció un enorme todoterreno, amarillo que se vino a aparcar frente a La Coquita.

—Es el fulano de Santa Clara y te ha vendido. Te contará milongas, pero será mejor que lo mates. Guarda una pistola bajo el asiento del copiloto. Tras entrar en la casa te pedirá de beber, dile que tienes fude, pero que lo tienes fuera. Entonces sales, coges el arma y le disparas en la cabeza.

Sucedió tal y como lo dijo. Lo maté frente a la casa, junto al vehículo, cuando salió a la carrera al ver que registraba bajo el asiento. Se abalanzó sobre mí y el dedo, al vencer el ligero obstáculo del gatillo, le frenó en seco. No sentí nada en concreto, como si hubiera muerto de un ataque al corazón, o de una trombosis cerebral.

—Ahora tienes una pistola y un excelente vehículo. Eres un asesino y debes huir porque la policía no tardará en aparecer por aquí. Ese fulano tenía sus buenos contactos en Santa Clara. Además, el chivato de Mirandel sabrá esta misma noche que los perros se están dando un festín.

Antes de subir al coche revisé sus ropas y me quedé con su cartera. Se llamaba Nicolás Roubain, era socio del Atlético Santa Clara y tenía una liquidez inmediata de cien lucas.

—Bien hecho, hermanito. No está bien matar a alguien sin saber cómo se llama.

Monté en el todoterreno y conduje hacia el sur.

—¿Ves esas cintas de tangos? Tíralas a tomar por culo, porque si se te ocurre escuchar sólo una la cagamos.

Antes de hacerse de noche vi una columna de polvo que avanzaba hacia el oeste por el norte.

—Siempre se te dio bien la orientación, hermanito. ¿Recuerdas aquella vez que el viejo se perdió en el Gorbea? Si no llega a ser por ti, se parte la crisma en alguna sima de Itxina. De todos modos, ahora que tienes una pipa y el carro más veloz de Las Planas, no debes preocuparte por una estela de polvo. O es alguien que se ha perdido o uno que va a buscar a alguien que se ha perdido para desvalijarlo entero.

No debes fiarte de nadie, ya te lo dijo el fulano, sólo de mí.

Continué conduciendo hacia el sur, hasta que la pista se cruzó con un pueblacho que se tendía a lo largo de una vía de ferrocarril abandonada.

—Esta mierda de lugar se llama Lugar. Dicen que lo levantó un ruso blanco exiliado, un tal Yaroslav de cuando los tiempos del último zar. A saber qué vino a hacer a Las Planas, además de a perderse, como todos. Ni te pares, aquí no hay nada que rascar.

Dejé atrás Lugar y al cabo de unos pocos kilómetros tuve que detener el vehículo para dormir un rato. Cerré con seguro todas las puertas y recliné el asiento. Dormí de un tirón, sin recordar sueño alguno. Tal vez no me hacían falta. Los sueños. Algo me decía que no andaba lejos de ese territorio; una evanescente nebulosa en el razonar, una pistola bajo el asiento, una venganza en ciernes, aún en la sombra, tal vez para siempre, vencida por el tiempo.

—Coge la pistola, pero muévete muy despacio. Él te está mirando. ¿La tienes? Bien, ahora asoma sólo un poco y vete apuntándole. Despacio. No ha visto una pistola en su vida. Aquí en Las Planas no suelen matar con pólvora.

Le disparé en cuanto tuve su pecho alineado con la mira. Salió despedido hacia atrás y en el aire quedaron oscilantes unas cuantas plumas y un fino olor a quemado. Fui a verlo. En vez de una bala parecía que le había atravesado una hélice. Casi no había cuervo.

—Bien hecho. Si ese pájaro se te hubiera escapado te habrían caído unos cuantos chuzos de mala suerte.

Hacía horas que conducía campo a través. Di con una pista que se dirigía hacia el sur y poco después me salió al paso un pueblucho de cuatro casas. Reduje la velocidad. Junto a una cabina de teléfono desvencijada, situada en el omnipresente cruce de pistas, vi que un hombre observaba el vehículo como si ante sus ojos desfilara, en tanga amarillo y con lentejuelas en los pezones, la mismísima Virgen, Nuestra Señora.

—Ahora llamará a Los Césares y avisará que llegamos. Van a intentar robarnos, hermanito, pero si haces lo que te indico saldremos de esta.

Los Césares aparecieron ante mis ojos al cabo de veinte kilómetros. Por algún motivo que se me escapaba, el pueblo había prosperado y junto al cruce se agrupaban una veintena de casas. De nuevo observé a un hombre junto a un teléfono. Antes de llegar a su altura levantó un brazo, pero más que a modo de saludo, instándome a que parara.

—Hazlo. Te va a decir una serie de gilipolleces, pero lo único que quiere es robarte el coche. Dile que le das una vuelta, que no tienes prisa. Así lo sacas del pueblo y después lo matas cerca del apeadero de Vargas, que está más al sur. Porque si no lo matas, lo siguiente que hará será llamar a la policía y decirles por dónde se mueve lo que andan buscando.

Detuve el coche junto a aquel hombre.

—¿Necesita algo, amigo? Gasolina, aceite, líquido de frenos, tabaco, porno, fude, lo que sea. ¿Sabe usted que tiene una maravilla de cacharro? Claro que lo sabe, qué si no.

Le dije que me vendría bien algo de gasolina, que no iba justo, pero que no estaba de más ser precavido en un lugar como Las Planas.

—¿Es suyo? Lo digo porque he oído que por Mirandel y La Coquita andan buscando uno parecido. ¿Viene usted de allí?

Le invité a subir y dar una vuelta. Así me indicaba dónde rellenar el tanque. Al principio rehusó, pero en cuanto le abrí la puerta y el olor a nuevo del vehículo incidió en sus sentidos, no se resistió. Palpó el cuero del asiento, se sentó y cerró la puerta.

—¿Qué es, japonés, alemán o americano?

Le respondí que español y entre ambos compusimos lo que fue su último chiste, aunque involuntario.

—No sabía que en España fabricaran coches de este nivel.

Entonces intervino mi hermano, me hablaba en susurros, pegadito al oído. Que lo matara ya, que estaba confiado, que le sacara de su error y le enseñara el número del bastidor, el motor si le interesaba. Pero que lo matara de una vez y continuara hacia delante, porque cualquier demora podía ser fatal.

El hombre preguntó si tenía prisa. Yo le respondí que ninguna. Entonces comentó que ese tipo de vehículos eran como un espejismo en Las Planas y sugirió que podíamos acercarnos hasta el apeadero de Vargas, que sólo quedaba a veinte kilómetros. Allí también podría rellenar el depósito y él se volvería en la camioneta de un amigo. Que hacía el viaje por puro placer, dejó caer. Conduje hacia el apeadero de Vargas, tal y como él lo sugirió, y cuando estuvo a la vista detuve el vehículo. Le pregunté si le apetecía conducir.

—¿En serio?

Sin problema, le dije. Abrió su puerta, bajó y rodeó el coche para sentarse al volante. Cuando llegó ante mi ventanilla vio que le estaba apuntando con una pistola. Su rostro palideció y dio un paso atrás.

—Pero ¿qué hace? ¿Está usted loco?

Lo estaba, claro que sí. El aire de Las Planas, aderezado con una pizca de angustia y otra de extravío, habían compuesto un combinado mental difícil de afrontar con cordura. Además, mi hermano manejaba la varilla de agitar y se empleaba a fondo. Disparé una vez. El hombre dio un nuevo paso hacia atrás, después cayó de rodillas y se desplomó.

—¿Has visto su postura? ¿A qué te recuerda?

Cayó de cara y con los brazos abiertos en cruz.

—No está desnudo, pero tiene un aire, ¿no crees?

Revisé sus bolsillos. Trescientos cuarenta y tres pesos y Winston Wislow Winslow. Con un nombre así, uno debe ser consciente de que la muerte ha de estar esperando en el lugar más insospechado.

—Tres uves dobles y punto final. Ahora no perdamos tiempo. Ponte paralelo a la vía del tren y tira hacia Puerto Carrión.

Antes de volver a esconder la pistola bajo el asiento la sostuve en mis manos. Mientras el cañón se iba enfriando estudié aquel artilugio. Pura mecánica de precisión, diseñado para que el percutor golpeara siempre el mismo lugar y con la misma contundencia. Y además sin pilas, sin necesidad de recargar batería alguna porque con la locura bastaba. Guardé la pistola y eché un vistazo al cadáver de Winston. Pensé en enterrarlo.

—Déjalo para los perros. Mejor que llenen la panza con un muerto que con un vivo, ¿no crees?

Ya era casi de noche cuando llegué a las cercanías de una granja situada en una vaguada, a pocos metros de las vías. Una casa, un establo y un cobertizo, ese era todo el ajuar. Lo único especial de aquel lugar era el árbol que se levantaba junto a la vivienda; muy alto, muy ancho y con un tronco que se elevaba en una vertical perfecta para acabar rematado por una copa amplia y frondosa. Junto al árbol vi a un hombre que sujetaba con correas a un trío de perros. Estaba a unos doscientos metros de él, pero pude adivinar el recelo con el que me contemplaba.

—Si pudiera hacerlo, ese tipo te troceaba. No te detengas. Aquí no. A este lugar le llaman Los Corridos, por algo será.

No me detuve, pero sí reduje la marcha. Observé que todo el espacio que rodeaba la casa estaba cubierto por infinidad de tocones. Como si el viento hubiera sido literalmente una sierra mecánica. Al llegar junto al hombre vi que su rostro estaba cubierto de tantas arrugas como árboles hubo un día junto a su vivienda. Entonces soltó los perros, que se lanzaron contra el coche pero nada pudieron hacer y pronto quedaron atrás, porque yo aceleré y en menos de un minuto Los Corridos quedaron muy atrás, en la vaguada del Árbol Amargo.

Después de recorrer treinta kilómetros hacia el este, llegué al cruce del ferrocarril con una carretera asfaltada que se tendía en dirección norte sur. Sentado junto a la señal que marcaba el paso a nivel, bebiendo un refresco y pelando unos cacahuetes, un hombre contemplaba los restos humeantes de un vehículo. Conduje hasta quedar junto a él y bajé la ventanilla para preguntarle adónde llevaba esa carretera.

—Viene de El Crucero. Adónde va nunca lo he sabido.

Vi un grupo de casas alzado sobre un pequeño otero. Sus perfiles se recortaban sobre un horizonte triste y uniforme. Le pregunté cómo se llamaba el lugar.

—Farella, con dos eles. Lo fundó mi abuelo: Luccato Farella Sanmicheli. ¿Sabe acaso el nombre de su abuelo? Pocos en Las Planas lo saben, y menos un fugitivo como usted. Ha llegado a creer que este es un buen lugar para pasar inadvertido, pero desconoce que una vez dentro ya no hay escapatoria. ¿De dónde viene? ¿Por qué no lo hace por la carretera, como todo el mundo? Tiene pinta de tener hambre ¿Le preparo algo?

Mi hermano guardaba silencio desde hacía horas. Creo que confiaba en mí y que, a menos que la situación fuera especialmente grave, estaba seguro de mi buen juicio. Por eso, en vez de responder cualquier banalidad sobre mi estado, le mostré la pistola para que se preocupara del suyo propio.

—¿Una pistola? ¿De dónde la ha sacado? ¿Cree que me impresiona?

Sabía su nombre, o al menos el de su abuelo, Luccato Farella Sanmicheli, podía matarle sin contemplaciones si insistía en ponerme nervioso.

—¿Sabe que mi abuelo odiaba los coches?

Los restos de uno humeando a su lado hacían pensar que él era un fiel seguidor de la palabra de su abuelo.

—Pero yo ya estoy hasta los cojones de mi abuelo. En serio. Puede parecerle una falta de respeto, pero estoy cansado de verme obligado a hacer lo que hago.

Lo que hacía era desvalijar a los viajeros que se

extraviaban por esa zona de Las Planas, donde las pistas existentes estaban trazadas con esa finalidad. Me alegré de que hubiera un arma entre nosotros y a mi favor.

—¿Hacia dónde se dirige?

Le respondí que hacia las montañas.

—No es cierto, no es el camino. Va hacia Puerto Carrión. Pero me da igual, ya me las ingeniaré después para llegar a Nueva Génova o a Santa Clara. Lléveme con usted. Le pagaré. Estoy más que harto de Farella, de mi abuelo y de la madre que le parió. ¿Le interesan los mapas? Mi abuelo tiene uno muy antiguo.

Me sorprendió que su abuelo aún viviera.

—Está más tieso que el campanario de Nuestra Señora. Pero su jodido espíritu aún ronda por Farella —dijo, señalando los restos humeantes del vehículo—. El atlas de Castiella. ¿Le suena de algo o es otra de las mentiras de ese cabrón?

Me explicó que, según la mitología familiar, el abuelo Luccato, en realidad su bisabuelo, se trajo el atlas desde Europa metido en el culo, bien plegado en un cilindro metálico del tamaño de un puro habano. La leyenda continuaba con el abuelo Luccato en medio de la familia y jurando ante el atlas que aquel páramo, ese laberinto donde el destino les había escupido, se convertiría con los años en un nuevo reino ilirio.

—Él era nacido en Zadar, en Dalmacia, pero sin duda debieron de pesar más sus orígenes venecianos, porque lo único que logró fue convertir el apellido Farella en sinónimo de ladrón, y eso, se lo juro, es un gran mérito en un lugar como Las Planas. ¿Ha conocido alguien por aquí que no quisiera robarle, estafarle o, peor aún, matarle? Por eso, amigo, es mejor que guarde esa pistola, no se le vaya a disparar y liquide usted al único hombre honrado de este infierno. ¿Me llevará con usted?

Mi hermano comentó que por supuesto, pero que antes el mapa. Se lo dije tal cual y el hombre quedó pensativo unos instantes.

—No paraba de hablarnos de Zadar, de su iglesia de San Donato y de las islas que la rodeaban. Decía que allí cualquier vehículo que no fuera un barco valía lo mismo que una piedra. De ahí su odio a los coches. Pero ahora que se joda, me largo y además lo hago en coche y con su atlas. Espere unos minutos, ahora vuelvo.

Lo hizo al cabo de muy poco tiempo. Trajo consigo algo de comida y un tubo cilíndrico de metal.

—Pasta, queso y huevos, no he podido coger nada más. Y el atlas, claro —dijo, mostrando en su mano el cilindro metálico.

Le dije que primero tenía que verlo.

—¿Para qué? ¿Es usted un experto? Podría ser una falsificación y ni se entera.

Subí la ventanilla ante sus narices, arranqué el motor y comencé a alejarme. Le vi correr hasta darme alcance. Detuve el coche y él destapó el cilindro. Poco después fue poniendo ante la ventanilla una serie de cinco pequeños mapas no mayores que un folio. Parecían muy viejos. Los volvió a guardar, todos menos uno, y me pidió que bajara la ventanilla de una vez. Cuando lo hice me pasó el cilindro.

—Usted se queda el Mediterráneo, Europa septentrional, Asia y Libia. Yo me guardo Dalmacia.

Me pareció una precaución adecuada. Si yo estaba a punto de robarle, él hacía bien en mostrarse desconfiado. Aun así, quiso explicarse.

—Según decía mi abuelo, el atlas no vale nada si no está el quinteto al completo. Así que en cuanto lleguemos a Puerto Carrión le devolveré Dalmacia y usted tendrá el mundo en el bolsillo.

Le pregunté por el resto de los Farella Sanmicheli, si estaban dispuestos a dejarse robar el patrimonio familiar de un modo tan simple.

—No hay más, yo soy el último. Hace dos meses se largó mi hijo Venezziano..., fíjese el nombre que le calzó el abuelo.

Guardé los mapas y alargué el brazo para levantar el seguro de la puerta del copiloto. Al instante, el dálmata rebelde se acomodó en el asiento.

—Vale. Ahora ya sabes cómo va. Conduces unas decenas de kilómetros en paralelo a la vía, le dejas que se confíe y le pegas un tiro en cuanto se baje a echar la primera meada. Y desde luego, te quedas con Dalmacia. El atlas de Castiella. En la vida había oído hablar de eso, pero a simple vista debe valer una pequeña fortuna.

Al cabo de dos horas llegamos a un pueblo llamado Tejadillo. Estaba situado en una bifurcación del ferrocarril, junto a un cambio de agujas descompuesto. Un ramal abandonado se dirigía hacia el noroeste y el principal continuaba en dirección este.

—¿Se da usted cuenta?

Un pueblo de cinco casas y nada más. No sabía a qué se refería.

—Es la única vía de comunicación de Las Planas que traza una diagonal. Tal vez por eso la abandonaron hace unos cinco años. Ahora sólo sirve para que algunos hagan negocio vendiendo los raíles y las traviesas. Es una metáfora descorazonadora, ¿no cree? Alguien que traza su propio rumbo pero acaba siendo tratado como chatarra. ¿Cómo me tratará usted, señor Idókiliz?

Al instante, escuché cómo mi hermano lanzaba una orden tajante.

—¡Mátalo! ¡No le has dicho tu nombre en ningún momento!

Aceleré durante unos segundos y después frené en seco. Farella golpeó contra el parabrisas y quedó aturdido. Lo aproveché para quitarle su mapa, abrir la puerta y lanzarle fuera del coche de una patada. Después continué hacia delante pisando a fondo el acelerador, levantando una polvareda que debió de verse a kilómetros de distancia.

—El buen samaritano, el Cristo del Arenal, el que se la cascaba bajo los olivos pero un día le dio un perrenque redentor y se montó una actuación tan elocuente como efímera, un pedo en el silencio de una cueva. ¿Por qué no le has matado? Al enemigo o se le acojona o se le mata, no hay otra. Y tú a ese no le has dejado acojonado, sino con ganas de vengarse. Y además le has arrebatado Dalmacia. A ver, para el carro. Vamos a ver bien ese atlas.

Estaba a punto de desplegar los mapas sobre el capó cuando vi que un vehículo se acercaba campo a través. Llegaba del norte y avanzaba a gran velocidad. Guardé los mapas, subí al coche y esperé. Era una ranchera enorme con la parte de atrás repleta de perros muertos.

—¿Algún problema? ¿Necesita algo?

Era un hombre bajito y feo que apenas asomaba por la ventanilla. A su lado, ocupando casi todo el espacio de la cabina, vi lo que parecía una joven multiplicada por cuatro. Le dije que todo bien, que iba camino del santuario de Nuestra Señora, por algún lado supuse que andaría la tan adorada en Las Planas, y que hacía un descanso.

—Pues no anda usted muy lejos, sólo le restan unos doscientos cincuenta kilómetros.

Me explicó, sin dejar de contemplar mi vehículo, que un poco más al este encontraría una pista hacia el sur. Si seguía esa pista durante treinta kilómetros daría con otra que tiraba unos diez kilómetros hacia el oeste. Comentó que parecía un contrasentido, pero sólo de ese modo daría con una pista que tiraba de nuevo hacia el sur para después, al cabo de tan sólo quince kilómetros, empalmar con una nueva pista que se adentraba ciento veinte kilómetros hacia el este, y de un tirón, en dirección al santuario de Nuestra Señora, que bendita fuera.

—Ya por allí cerca pregunte a cualquiera y sabrá decirle con más concreción. Y cuando se llegue allí rece por mi hija. La cría está de gemelos y por febrero los dará a luz.

Intentando no levantar sospechas, pero sin desdeñarnos a mí y al vehículo como dos nuevas víctimas del laberinto, se largó tal y como llegó. Al cabo de unos metros, la camioneta pegó un bote y el cadáver de uno de los perros salió despedido del montón. El vehículo se detuvo y se abrió la puerta derecha. Cuando bajó la joven, la suspensión dio un quiebro y la furgoneta se balanceó de un lado a otro. Tenía un ruedo de al menos tres metros de diámetro, medía unos dos metros y su rostro era el de una niña. Cogió al perro del rabo y lo lanzó junto con el resto. Antes de volver a montar, giró su cabeza y me lanzó una sonrisa al tiempo que se acariciaba la barriga. Fue espeluznante. Por algún motivo me entraron ganas de vomitar, así que me arrodillé y lo hice.

—Bueno, tampoco es para tanto —dijo mi hermano, mientras me acariciaba la cabeza.

No comprendí sus palabras ni sus caricias. Pero me daba igual, su presencia estaba comenzando a desquiciarme. Le dije que o se callaba o le dejaba en Las Planas.

—Pero entonces, ¿quién te sacará de aquí, hermanito? Has recorrido en un parpadeo lo que a otros les lleva semanas, si es que lo consiguen. Si yo no manejara tu ruta, hacía tiempo que tus restos estarían en la barriga de algún chucho de esos. Además, ya no tienes marcha atrás. Vienen buscándote y tú te empeñas en dejar supervivientes. Hacia delante o hacia ningún lado. ¿Qué es lo que escribieron en el portal? *Jo ta ke*. No lo olvides. El Cristo del Arenal vuelve y esta vez parece que va en serio..., algo así, pero con muchas dudas. Nunca he confiado en ti, hermanito.

Insistí en que se callara, que desapareciera, y me hizo caso. Volví a salir del vehículo y a extender los cinco mapas sobre el capó, intentando ordenarlos en un sentido lógico, algo que no fue sencillo, porque las formas continentales que observaba nada tenían que ver con un atlas moderno. La toponimia estaba escrita en latín y la tierra estaba surcada por multitud de filigranas y dibujos. Tras unos minutos logré lo que parecía una secuencia coherente: Europa, el Mediterráneo, Dalmacia, Asia y Libia, que se quedaba descolgada en una línea inferior porque no me encajaba en otro lado. Los contemplé durante largo rato. Todos estaban fechados en 1482. En el ángulo inferior izquierda, también en todos los mapas, dos querubines sostenían un banderín en el que se leía la firma de Giordai Castiella, además de algunas frases en latín. El pergamino en el que estaban dibujados era muy ligero y temí que la exposición al exterior pudiera deteriorarlos, así que volví a guardarlos en el cilindro metálico.

Me puse al volante consciente de que no sabía hacia dónde continuar. Pero había mandado al carajo a mi hermano y tardaría un tiempo en volver. Conduje en paralelo a la vía hasta que esta comenzó una amplia curva hacia el norte. Entonces recordé la diagonal que tanto sorprendió al nieto de Luccato Farella Sanmicheli. Una curva, le hubiera maravillado. No porque inspirara metáfora alguna, sino porque era simplemente un paisaje revolucionario, un camino que por sí solo, sin la ayuda de cruce alguno, era capaz de variar su dirección. Algo milagroso en un lugar como Las Planas, y aun en muchos otros.

La noche se me tiró encima. Detuve el vehículo y recliné el asiento para dormir unas horas.

—¿Y ahora, navegante? ¿Qué rumbo tomamos?

Hacía una hora que había amanecido. Más allá del tendido del ferrocarril, hacia el este, no se veía ni se sentía más que un terreno pálido e irreal, una línea de tierra calcinada por un sol rasante que me cegaba y al que por aquella zona no había nube que se le resistiera.

—El desierto de Las Planas. Una putada que se interpone en tu camino. Pero vas a tener que cruzarlo, no te quedan más cojones que hacerlo. Y si no me crees, mira hacia atrás.

Una columna de polvo se desplazaba de norte a sur a unos kilómetros de distancia, no muchos.

—La policía, claro. Tu amigo Farella les habrá dado el soplo. Si nos movemos con rapidez podremos dejarles atrás, así que tira hacia el norte, paralelo a las vías, hasta llegar a un pueblo llamado Ventas Altas. Allí llenamos el depósito, compramos unos litros de agua y fude y después nos tiramos de cabeza al desierto. El agua es para no deshidratarte, y el fude para que cuando se te acabe el agua y estés a punto de palmarla por deshidratación, no sientas cómo las jaurías de perros se te echan encima. No es ninguna broma eso que tienes ahí delante, hermanito. En Las Planas dicen que hace mil años esa zona fue un vergel, pero que sus habitantes se pasaron de la raya en cuanto a felicidad y que Nuestra Señora les ajustó las cuentas ordenando que ninguna nube rondara jamás el territorio. El resultado ya lo ves, un rectángulo pelado de doscientos kilómetros de ancho por trescientos cincuenta kilómetros de largo sobre el que los perros interpretan su papel de demonios, tal y como habías supuesto.

Llegué a Ventas Altas. Once casas se alineaban a un lado de una pista que desaparecía al acabar el pueblo, justo donde se levantaba el surtidor de gasolina.

—Sírvete tú mismo. Están escondidos y no van a decirte nada. Saben que habría jaleo. No hay más que verte. Has cambiado, hermanito, te llevarías por delante a cualquiera. Incluso volverías sobre tus pasos y le ajustarías las cuentas a ese julay de Farella. ¿Te creíste lo que contó sobre sus orígenes? En Las Planas todos dicen tener uno, pero no es cierto. Simplemente van y vienen y algunos se apalancan. Mira estas casas. Si llamas a cualquier puerta y el miedo no les impide hablar contigo, te dirán que todos ellos son de Vastervik, una aldea del sur de Suecia, o que al menos su abuelo lo era. Siempre hay un abuelo que era de algún lugar; en Farella de Zadar, en Arroyo de Toledo, en Los Césares de Burdeos y en Peralta de Palermo. Pero están equivocados, sus abuelos no eran de allí, sino que llegaron de allí para acabar siendo de ninguna parte..., ¿lo has entendido?

Llené el depósito. En una ventana de la casa más cercana se movió una cortina y apareció la cabeza de un viejo que me observaba con detalle. Alcé la mano a modo de saludo y el viejo desapareció al instante.

—Bueno, ¿a qué esperas? Arranca ya.

Comencé a internarme en Las Planas, campo a través.

—Si sigues por aquí la cagamos. Hay que subir hacia el norte y después avanzar junto al ferrocarril hasta Puerto Carrión.

Giré hacia el norte. Al cabo de una hora divisé lo que parecían dos enormes agujeros excavados en la tierra y en medio de ellos un pueblo deshecho.

—Eso se llama Canteras. Sacaban mármol blanco, aunque de poca calidad. En cuanto pelaron la veta se largaron y sólo quedaron cuatro viejos, todos ellos ciegos. Aquí hay tanta luz que la retina y el cristalino acaban atrofiándose.

Llegué a Canteras. En la carretera de entrada al pueblo un grupo de viejos me cerraron el paso.

—Están ciegos, pero tienen buen oído. No les hagas caso. Sigue adelante y ya se apartarán.

Eran tres hombres y cuatro mujeres. Algunos llevaban bastón y otros apoyaban una mano en el hombro del compañero. El que parecía menos viejo de todos se acercó a la ventanilla y por gestos me pidió que la bajara. Sus ojos estaban completamente blancos. Su voz un hilo que se llevaba el viento. Le dije que hablara más alto.

—Que si pudiera hacernos el favor de tomarnos una fotografía le estaríamos eternamente agradecidos —dijo, al tiempo que de una bolsa sacaba una máquina de fotos.

—Dile que se vaya a paseo. No jodas, hermanito. ¿Para qué coño quieren una foto si están todos ciegos? Ni te bajes del carro.

El hombre no volvió a repetirlo, pero la máquina de fotos estaba frente a mí y no se movía. La cogí y le dije que de acuerdo, que se uniera al grupo.

—No, aquí no —dijo—. Mejor en casa.

Entramos en una casa donde el desorden competía con el descalabro. Sólo algunos rayos de luz lograban colarse entre las rendijas de unas ventanas que habían sido tapadas con planchas de madera. En el centro de la sala había una mesa y siete sillas. Y en el centro de la mesa siete pequeños vasos de cristal y una botella. Se sentaron y cada uno empuñó un vaso.

—Si hace usted los honores —dijo el hombre.

Enseguida localizó la botella. Sirvió los vasos de sus

compañeros y después el suyo. Se derramó bastante líquido, pero hubo suficiente para todos. Le dije que había muy poca luz, que la foto no quedaría bien.

—Debe de haber velas en algún lugar —comentó.

Sugerí que podíamos hacer la foto en el exterior, pero todos ellos rumiaron una negativa contundente.

—Además de ciegos están locos. ¿Por qué no nos largamos ahora mismo?

Uno de los viejos se levantó y al cabo de unos minutos regresó con media docena de cirios en sus brazos. Los dispuse en el centro de la mesa, me pasaron unas cerillas y en unos segundos la escena adquirió el tono y la textura de un velatorio.

—¿Ya están encendidos? —preguntó alguien.

Dije que sí y me pegué a una pared para encuadrar a todo el grupo.

—Creo que quedan tres fotos. Puede usted acabar el carrete y así se asegura de que al menos una de ellas queda bien. Puede sacarnos la primera brindando, la segunda bebiendo y la última cuando ya estemos muertos. Después deja la cámara sobre la mesa y sigue su camino. ¿Le parece bien?

No puse ninguna objeción. Entrechocaron sus vasos, bebieron y de seguido cruzaron los brazos sobre la mesa, reposando en ellos sus cabezas. Algunos dejaron los ojos al aire para que la luz oscilante y cálida de los cirios los transformara en bolas de mantequilla derritiéndose ante la boca de una cueva. Dejé la cámara sobre la mesa y salí de aquella casa.

—No es verdad —dijo mi hermano—. Esos son sie-

144

te más en la cuenta de la policía. Y además envenenados, en breve te acusarán de genocidio. Dime que no vas a dejar ahí esa cámara, que sólo se te ha olvidado y ahora mismo vas a por ella.

Monté en el vehículo, me pegué a las vías y entré en el desierto de Las Planas. Por el retrovisor vi que la columna de polvo que me venía siguiendo debía andar ahora a unos veinte kilómetros de Canteras, y que del propio Canteras emergía una lengua de humo que poco después se convirtió en fuego. Los cirios debían haber sido la causa. Lástima de fotografías, pensé. No es usual retratar fantasmas con tanta facilidad.

Media hora después de dejar Canteras, el todoterreno perdió potencia y comenzó a renquear. El humo colorado y espeso que expulsaba por el escape no era un dato positivo. Al cabo de unos pocos kilómetros dijo que hasta allí había llegado. Pensé que la gasolina de Ventas Altas estaría podrida, o que ni siquiera sería gasolina, sino una trampa para ladrones, gasolina de palo para morir en el desierto. El caso es que no me quedaba otra solución que dejar allí el vehículo y continuar a pie. Una perspectiva descorazonadora.

—Nadie dijo que esto fuera sencillo, Johnny, pero estate seguro de que tras esas montañas y esos páramos está la dulce Alabama —canturreó mi hermano.

La vía del tren aún estaba intacta, pero el polvo y las piedras con las que el viento jugaba a los bolos amenazaban con ocultar algunos tramos.

—No te asustes. Al menos te queda la pistola. Con una pistola puedes conseguir un coche, pero con un coche es complicado conseguir una pistola. Aún juegas con ventaja.

Comencé a caminar. Al cabo de dos horas la vía era historia y mi sentido de la orientación se había ido al garete. No encontraba una sola referencia en el horizonte. El sol se había conseguido un juego de espejos y en mi mente las latitudes se cruzaban con las longitudes y el norte hacía pareja con el sur. Cuando comenzó a oscurecer y el sol, llenó el cielo con los habituales tonos encarnados, pensé en los perros. Al cabo de unos minutos escuché ladrar al primero, acto seguido se unió el resto. Era un coro de aullidos lejano e inquietante que, sin embargo, me indicó que estaba en el camino hacia Puerto Carrión, donde nadie hacía batidas de perros.

—¿Has contado las balas que te quedan, hermanito? Si son más de diez, aún puedes salvarte. Si son menos, usa la primera de ellas para volarte los sesos, porque se te ha olvidado la botella de fude.

Las conté y eran diez. Término medio. Mi hermano guardó silencio y yo continué caminando, dispuesto a no detenerme hasta alcanzar Puerto Carrión. Logré mantener mi determinación hasta un punto que no recuerdo. No tengo conciencia de haber caído al suelo, pero es bien cierto que así sucedió.

Me despertó una luz muy intensa y un disparo. Después, algo pesado y caliente cayó sobre mí, lo aparté y me levanté de un salto sin comprender lo que estaba ocurriendo. Sonó otro disparo y vi sombras y aullidos que se alejaban a la carrera. Después miré al suelo y vi un perro alumbrado por los focos del vehículo. Tenía el costado reventado, pero aún respiraba.

—¿Quién eres tú? —me preguntó alguien, al otro lado de los focos.

Respondí que era un peregrino camino de Nuestra Señora y que llevaba la bendición del obispo de Santa Clara.

—¿Pasaste hace poco por Canteras?

Mi hermano sugirió que tuviera mucho cuidado, que no eran policías porque la policía no arriesgaría su culo internándose en el desierto.

—Contesta.

Dije que venía de Los Césares y que no había pasado por Canteras.

—No tienes pinta de rezar vírgenes ni de ser de Las Planas. Dime la verdad o te plancho junto al perro.

Sentí el peso de la pistola que guardaba en mi bolsa y la tentación de usarla, pero las luces del vehículo me lo ponían difícil. Yo era la diana, no ellos. Insistí en que lo que les decía era cierto. Y para darle mayor empaque me hinqué de rodillas y extendí los brazos en cruz a la vez que berreaba el avemaría.

—Joder, hermanito. Eso sí, eso sí..., así sí. Convincente. Ahora no tienes más que aprovechar la inercia de su confianza. ¿Logras ver la matrícula de su coche? Yo sí. Son mexicanos. Si dejas caer algo sobre la Virgen de Guadalupe te los metes en el bolsillo.

Lo hice, pero aun así dudaron. Parecía que discutían entre ellos.

—¿El todoterreno amarillo que vimos tirado en el camino es tuyo?

A la vez que me iba moviendo hacia un lado, respondí que no había tenido un coche en mi vida, que ni siquiera sabía conducir. Señalé mis piernas y dije que esas eran las únicas ruedas que conocía. Después llevé las manos sobre mi pecho y comenté algo sobre el motor del corazón y la gasolina de la fe.

—Tu acento no es de por aquí.

Les dije que era español, gallego, para más señas, pero que residía en Las Planas desde hacía años.

—¿Gallego de Galicia?

Que sí.

—¿Cómo te apellidas?

Se lo dije, Idókiliz Gandiaga.

—¿De los Gandiaga de San Juan Potosí?

Que por allí sí tenía familia, afirmé. Cuchichearon algo entre ellos. Lo aproveché para desplazarme un poco más. La luz de los focos ya no me deslumbraba y pude ver que eran tres. Dos de ellos tendrían unos

veinticinco años y el otro, el que preguntaba y sujetaba la escopeta, unos cuarenta.

—No te muevas un paso más. Los Gandiaga de San
Juan Potosí son gallegos vascos, no gallegos gallegos.
¿Por qué nos estás mintiendo?

Era posible una confusión, les comenté. Que ya sabían cómo era eso de los orígenes, tan resbaladizo e
inestable. Pero que fueran de donde fueran los Gandiaga de San Juan Potosí, yo era gallego de Galicia, que
allí nací y que hasta aquí había llegado en devota pe-
regrinación a Nuestra Señora, hacia donde continuaría
mi camino si me dejaban hacerlo. De nuevo parlamen-
taron entre ellos. Lo aproveché para desplazarme un
poco más, hasta situarme en paralelo al vehículo.

—De acuerdo, pero al menos te acercaremos hasta
Puerto Carrión para librarte de los perros. Sube.

Me acomodé en el asiento de atrás junto a uno de
los muchachos. Emprendimos la marcha y ya comenzaba a quedarme dormido cuando me despertó la voz
de mi hermano.

—¿Te crees que ya está? No te confíes, hermanito.
Estos no son tan tontos como parece.

Kilómetros de desierto fueron quedando atrás mientras yo caía en un sueño profundo. Tomé la precaución de tumbarme sobre mi bolsa y así les ahorré la
tentación de echarle un vistazo. No iba mal encami-
nado. Al cabo de un buen rato el coche acometió un
terreno irregular y me desperté. Escuché con claridad
que hablaban del atlas de Castiella. Simulé que volvía
a quedarme dormido, sin perder detalle de la conver-

sación. Eran de Ciudad de México y trabajaban por encargo de otra persona. Su misión no era otra que encontrar lo que yo llevaba dentro y en la bolsa.

Al parecer, el atlas de Castiella fue robado de la biblioteca de un monasterio croata a principios del siglo XX y volvió a la luz cuando un emigrante europeo apellidado Sanmicheli quiso venderlo en Caracas, poco después de finalizada la segunda guerra mundial. Pero el negocio no se concretó y el atlas de Castiella desapareció de nuevo. Ahora volvía a la luz porque, por algún motivo que no explicaron, al despacho de un coleccionista mexicano había llegado la noticia de que un tal Luccato Farella Sanmicheli, de origen croata, anunciaba a los cuatro vientos que estaba en posesión del único atlas que existía en Las Planas, una región de la que jamás había oído hablar y que formaba parte de la república de Santa Clara, uno de los minúsculos estados que pululaban por el hemisferio sur. La coincidencia era tan evidente que el coleccionista hizo algunas llamadas, calibró las posibilidades de éxito y acabó pegando un telefonazo a su sobrino, prometiéndole veinticinco mil dólares americanos si lograba hacerse con el atlas. Este aceptó gustoso y contrató como ayudantes a dos primos suyos. De ese modo, el asunto quedaba reducido a la familia y no saldría de ahí. No entendían ni de historia ni de cartografía ni de arqueología, pero tenían una fotografía del atlas y sabían dónde y quién podía tener el original. Dos semanas después estaban en Las Planas y en medio de Farella, pero allí no vivía nadie. Lo registraron todo sin que el atlas apareciera por ningún lado. Estaban bastante perdidos cuando en un lugar llamado Los Césares les dijeron que el tal Luccato Farella Sanmicheli era de carne y hueso, y que si no lo encontraban en Farella era o porque se lo habían comido los perros o porque se había largado a otra parte. Así que se volvieron a Farella dispuestos a encontrar cualquier pista que les indicara hacia dónde se marchó. En esas estaban cuando apareció un coche de la policía y tras él una furgoneta. De la furgoneta asomaba un brazo flácido y algo magullado. Eso era todo lo que quedó de Luccato Farella Sanmicheli, según la policía. Enterraron el brazo tras lo que debió de ser la casa familiar de los Farella Sanmicheli. Después, un agente les hizo algunas preguntas, pero fingieron ser un trío de turistas extraviados y no les molestaron más. Se largaron de allí con la convicción de que el dichoso atlas, si es que existió alguna vez, estaría bien troceado y repartido entre las barrigas de una docena de perros, el número aproximado de componentes de cada jauría. Pero la suerte estaba con ellos. En un pueblo llamado El Muerto les dijeron que a Farella le habían visto, y bien vivo, camino de Canteras, jurando que abandonaba Las Planas por Puerto Carrión y maldiciendo al ingrato que fue capaz de robarle su Dalmacia del alma. No sabiendo con seguridad a qué carta jugar, decidieron que mejor seguir el rastro de un posible vivo que retirarse ante el de un muerto. Y por eso estaban en ese momento camino de Puerto Carrión y acababan de salvarme de los perros, para preguntarme si sabía algo del tal Luccato Farella Sanmicheli.

Lo hicieron en cuanto fingí despertar. Ya me sabía la respuesta. A Luccato le conocía bien y estaba loco como una cabra. Que decía que era dálmata pero que en realidad su origen era castellano, y que de ahí lo de los mapas de Castilla de los que tanto hablaba. Entonces me interrumpieron, tal y como había supuesto.

—¿Los mapas de Castilla o de Castiella?

Reiteré que de Castilla, de La Mancha en concreto, como el ingenioso hidalgo. Y que de Luccato Farella Sanmicheli nada de nada, sino Lucas Farina San Miguel. Su abuelo nació en Socuéllamos, provincia de Ciudad Real. Un campesino que se hizo anarquista y a quien la guerra civil española garantizó un exilio miserable. Después volví a reclinarme sobre mi bolsa.

—¿Y hacia dónde crees que habrá ido el tal Lucas? ¿Hacia dónde irías tú si quisieras abandonar Las Planas?

Les dije que hacia Santa Clara, pero que si tenía algo que ocultar abandonaría el país por la frontera del sur, la de Nueva Génova. En ambos casos había que pasar por Puerto Carrión. Volvieron a debatir un buen rato. No se ponían de acuerdo. Los dos más jóvenes querían abandonar y volverse a México, pero el mayor, que era quien conducía y quien tenía la escopeta, dijo que ni hablar de esa opción, no al menos hasta husmear por Puerto Carrión y Nueva Génova.

Continuamos avanzando y yo me fui sumiendo en un sopor confortable y despreocupado.

—Has actuado con una inteligencia sorprendente, pero si al llegar a Puerto Carrión les regalas el dichoso atlas quedarás como un señor. No sólo no les has matado, sino que te deshaces de algo que no sirve absolutamente para nada.

Desperté cuando el vehículo frenó en seco. El conductor y el copiloto bajaron.

—¿Puerto Carrión ya? —pregunté, aún medio dormido.

Salí del vehículo cometiendo el error de no llevar la bolsa conmigo. Mi compañero de asiento se quedó dentro, mientras que los otros dos contemplaban un bulto tendido en el suelo, como a unos veinte metros de la vía. Me acerqué hasta ellos. Uno no dejaba de mirar al bulto y el otro, con gesto preocupado, miraba alternativamente al bulto y al horizonte.

—Lucas Farina San Miguel —mentí—. O Luccato Farella Sanmicheli, como deseéis.

—¿Seguro? —preguntó el que manejaba el rifle.

—Tanto como que somos de carne y hueso.

—¿Cómo lo sabes? Le falta la cabeza.

—Nunca le sirvió de gran cosa, pero distinguiría sus botas entre un millón.

Observó las botas. No había nada especial en ellas.

El tipo de botas que todo dios usaba en Las Planas, pero no cayó en la cuenta.

—Mira si lleva encima el atlas —ordenó a su compañero.

—¿Yo?

—Claro.

—Ni lo sueñes.

—No lo voy a soñar, sino que lo voy a ver. Y ahora mismo, además.

Hubo una colisión de miradas. Una era un tractor y la otra un cuatro latas, pero sólo fue chapa, nada grave, porque en cuanto el tercer mexicano salió del coche, el centro de gravedad de la discusión se desplazó sobre mí.

—¡Tengo los mapas, tengo los mapas! —gritó—. ¡Los tenía ese cabrón en su bolsa! ¡Y también una pistola, cuidado con él!

El que tenía la escopeta la levantó hasta medio cuerpo, quitó el seguro y me encañonó. Su mirada hostil se clavó en la mía, aturdida por el vuelco de la situación.

—¡Tráelos aquí!

Abrieron la bolsa y sacaron los mapas con mucho cuidado. Eran frágiles, como a punto de desintegrarse, amarillentos y muy atractivos. Maldije mi error y las consecuencias que me acarrearía. Compararon los originales con la fotografía que tenían.

—Sólo hay cuatro. Falta uno.

La escopeta era ahora una pistola a dos metros. Imposible fallar a esa distancia. Lo hubiera hecho encantado, se lo notaba en la mirada, pero le faltaba Dalmacia para completar el atlas.

—¿Dónde está?

—No te lo diré mientras esa pistola siga apuntándome.

En apenas un par de minutos habían progresado tanto que pegarme un tiro sería como hacer caldo con la gallina de los huevos de oro. Retiró la pistola y dio dos pasos hacia atrás.

—¿Dónde está?

—En las tumbas indias.

—No sé qué demonios es eso, pero vamos hacia allá. Y como sospeche algo te juro que te mato, con Dalmacia o sin ella.

—Hay un problema —les dije—. No sé exactamente dónde quedan. Por eso iba a Puerto Carrión, con la idea de que alguien pudiera indicarme el camino.

—Mientes.

—No.

—Te voy a matar ahora mismo —dijo.

—No vas a hacerlo. No has matado a nadie en tu vida.

Le estaba provocando, ya lo creo. Envidando a la grande con una mierda de cartas.

—Ni te imaginas la estupidez que cometerías si me matas, además de hacerme un favor.

Se quedó perplejo. Sus ojos me diseccionaron y su mente se esforzó en verme de otro modo. Entonces comprendió que yo estaba loco y que era peligroso. Ordenó a sus compañeros que subieran al coche y a mí que no me moviera. Después se puso al volante y se largaron hacia Puerto Carrión. Las tumbas indias, un buen nombre para una nueva pista hacia ningún lado. No conseguirían nada, el atlas de Castiella no valía un real sin Dalmacia.

Calculé que me quedaban tan sólo unos treinta kilómetros hasta Puerto Carrión. La vía del ferrocarril había vuelto a hacerse visible y no tenía pérdida. Hacía tiempo que mi hermano no abría la boca, con lo que toda mi atención se concentró en cada paso que daba, en algo tan básico que al cabo de media hora me convertí en un robot. Y de ese modo continué durante dos horas más, hasta que levanté la cabeza y vi que algo similar a una roca negra y cuadrada se alzaba a unos pocos kilómetros de distancia.

No lo lograron. No es bueno perseguir fantasmas, menos ir tras ellos por veinticinco mil cochinos dólares. El vehículo de los mexicanos había caído en una trampa, un agujero de un metro de profundidad, y estaba destrozado. Imaginé que tras el golpe no habría sido complicado ir acuchillándolos uno por uno, si es que no los mató antes el propio impacto. Revisé los cadáveres y el vehículo, pero tanto las armas como los mapas habían desaparecido. Entonces, cuando me encontraba en el fondo del agujero, con medio cuerpo dentro del montón de chatarra en el que se había convertido el todoterreno, escuché la voz de Luccato Farella Sanmicheli.

—¿Cómo está usted, señor Idókiliz?

—Te dije que lo mataras, imbécil.

—Tiene algo que es mío. ¿Podría hacer el favor de devolvérmelo?

Le respondí que no me tomara por un estúpido.

—Bien dicho, hermanito, pero con este ten cuidado, este sí dispara.

—Asómese, con las manos en alto.

Lo hice. Primero asomé las manos y después la cabeza.

—Desnúdese y después salga de ese agujero. Como intente algo le vuelo la cabeza. Ya sé dónde guarda Dalmacia, y créame, no me hace ninguna gracia.

Le dije que su abuelo también la llevó en el mismo sitio en su huida de Europa, pero respondió que esa era exactamente una de las muchas razones por las que odiaba a su abuelo.

—Nadie con un mínimo de dignidad se mete su patria por el culo, amigo.

—Lo tienes muy complicado, hermanito. Ahora te mandará hacer flexiones hasta que cagues el cilindro. Dile que no lo tienes, es la única opción que te queda.

Cuando estuve desnudo, me hinqué de rodillas y extendí los brazos en cruz. Él no esperaba eso, nadie espera que algo así ocurra ante sus narices, menos en Las Planas, donde quienes van a ser asesinados aceptan su destino con naturalidad. Para confundirle aún más, y que no interpretara mi genuflexión como una claudicación, añadí que él no tenía otra patria que el cuadrante Las Planas. Que Dalmacia, una tierra de gente respetuosa y educada, amante de la cultura y del vino, todos ellos conceptos inexistentes en Las Planas, jamás le otorgaría la ciudadanía. Para finalizar, le dije que no tenía el mapa, pero que sí sabía dónde estaba.

—Está en tus tripas. O lo cagas o te abro en canal como a un conejo.

Si lo hacía y no encontraba Dalmacia entre mis tripas perdía la partida. Tras la aparición de los tres mexicanos, Luccato había comenzado a intuir que el atlas de su abuelo podría tener cierto valor económico. Así que permitió que me vistiera y continuamos hacia Puerto Carrión, porque le dije que era allí donde estaba Dalmacia. Yo caminaba unos metros por delante y él me apuntaba con la escopeta. En dos ocasiones disparó al aire, en ambas me arrojé al suelo.

—No está más loco que tú. Eso de arrodillarte ha sido convincente, acabarás siendo un maestro, así que no te arrastres y lo jodas todo. Ahora, cuando lleguemos a Puerto Carrión, vete directamente hacia el puerto y deshazte de él en cuanto puedas.

Eso no sería nada sencillo. A duras penas lograba superar la angustia de saber que el próximo disparo podría dejarme en el suelo para siempre. Para distraerme, le pregunté quién era el hombre al que decapitó unas decenas de kilómetros atrás y cómo había logrado cavar un agujero de ese tamaño para cazar a los mexicanos, pero no abrió la boca. Se limitó a gruñir y a disparar de nuevo, esta vez a unos pocos metros a mi derecha, con lo que mi angustia creció de tal modo que se transformó en pánico, y el pánico desembocó en el más básico de los instintos, el de salvar la vida. Salté a un lado, Luccato disparó sin éxito, corrí hacia él y logré tirarle al suelo. La escopeta cayó fuera de su alcance. Aún guardaba la pistola, puede que también un cuchillo. Me concentré en sus brazos, en inmovilizarlos. Ya lo había logrado cuando un golpe inesperado, experto y contundente, me sacó de la escena.

Desperté junto a Luccato y un grupo de gatos. Estábamos sobre un embarcadero destartalado, a un palmo de un río ancho y caudaloso. Luccato y yo estábamos atados con la misma cuerda, espalda con espalda. Los gatos nos contemplaban asombrados.

—Ya ves que ni decapité a ese infeliz ni cavé ningún agujero —susurró Luccato—. Parece que ni los mexicanos ni nosotros somos los únicos en esto.

Al cabo de unos minutos aparecieron dos hombres. Llegaron al contraluz. Uno de ellos silbaba una melodía que me sonaba familiar. El que tenía peor pinta se adelantó un par de pasos.

—No tenemos mucho tiempo, señor Idókiliz.

Parecía al contrario, porque yo guardé silencio y ellos no parecieron molestarse. Uno de los gatos se acercó a ver de qué iba el asunto, después otro más, al final se reunió toda la cuadrilla, subida a unos bidones de aceite y atenta al desenlace. En un cartel lejano, a punto de caerse al suelo, leí que estábamos en Puerto Carrión.

—¿Ves? Te dije que lo conseguiríamos. Hemos tardado más de lo previsto por el puto atlas, pero ya estamos, hermanito. Ahora es cuestión de esperar. Con toda probabilidad, el tiro se lo llevará Luccato.

—¿Dónde está el mapa que completa el juego, señor Idókiliz?

Su compañero continuaba silbando. La melodía no se me iba de la cabeza. ¿Dónde la había escuchado antes? Se acercó a un palmo de mi cara. Su nariz era casi plana y sobre sus ojos de musaraña se alzaban unas cejas anchas y espesas. Repitió la pregunta.

—¿Dónde está Dalmacia?

Entonces, Luccato sufrió un ataque de indignación y nostalgia.

—¿Que dónde está Dalmacia, ignorante de las pelotas? ¿No estudiaste geografía e historia en la escuela, palurdo? ¿O ni siquiera fuiste a la escuela? Dalmacia creció entre Grecia y Roma y es el tictac del Mediterráneo. Un paraíso imposible para necios como tú.

No debió de hacerlo, o sí, quién sabe, tal vez su arenga fue necesaria para que yo pudiera seguir adelante. El matón de las cejas grandes se retiró un poco, sacó una pistola de su sobaco y disparó contra Luccato dos veces. Sentí un fuerte golpe en la espalda, por un momento pensé que una de las balas le había atravesado y yo también me llevaba una parte, pero comprendí que había sido la propia vida de Luccato lo que me había golpeado, escapando de él al galope.

—Le vamos a dar una oportunidad, señor Idókiliz. O mejor dicho dos. La primera es que me diga ahora mismo dónde está el mapa que completa el atlas de Castiella. La segunda es tirarle al río junto a su amigo. Si se lo piensa mejor, yo le autorizo a que se desate y salga tan tranquilo.

Le dije que yo también andaba tras ese mapa, y aunque no tenía la más remota idea de dónde podría estar, una corazonada me llevaba hacia las tumbas indias. Entonces el hombre se rió abiertamente.

—No existen —dijo—. Las tumbas indias son un cuento. El invento de un arqueólogo en busca de dinero. La historia está plagada de esas mierdas. Incluso la historia con mayúsculas. Y usted debería saberlo, es más, creo que lo sabe. Así que su primera oportunidad acaba de desvanecerse.

El tipo apoyó su pie sobre el costado agujereado de Luccato. Su colega no dejaba de silbar y yo no iba a ser capaz de recordar dónde había escuchado antes esa melodía.

—*Bye, bye, my friend...*

Empujó a Luccato y caíamos al agua. Nos hundimos. El río era profundo y muy oscuro, la melodía sonaba sin pausa en un lento descenso que no tenía fin.

Cuarta parte
La isla y la cadena

Cuando volví a la superficie, lo hice a salvo de la mirada de Edurne. Era agosto, pero el agua estaba fría en ese tramo de la ría. Aun así, logré bajar unos ocho metros. Si hubiera tenido unas gafas no habría visto más de lo que veía sin ellas. El cantil del monte se hundía en las profundidades y la luz del sol apenas atravesaba los dos primeros metros. Salí del agua trepando por unas rocas desde las que el castillo se veía como una boca cerrada y vieja que ya no tiene nada que decir. Me coloqué un ramillete de algas a modo de sombrero y avancé hacia ella por su espalda. Quería darle un susto, pero mi sombra me delató. Se volvió y comenzó a reír. Dijo que parecía un Neptuno de pacotilla.

Por las mañanas nos gustaba ir a nadar junto al castillo de San Felipe, en la entrada de la ría de Ferrol. A Edurne y a mí, solos. Edurne nació en Irún, sus padres en algún pueblo de León que ella nunca quiso desvelar pero que un día, al poco de conocernos, localicé en base a las pistas que ella iba soltando, entre divertida y misteriosa.

—Algún día te diré el nombre de una isla y no sabrás dónde está.

—Imposible, a no ser que consigas un atlas con una escala superior a uno tres millones, y eso no vale.

No era otra cosa que un pasatiempo. Sabía que me apasionaban los mapas y el juego consistía en que ella me describía lugares y yo debía adivinarlos, aunque también teníamos otra versión más sencilla que consistía en nombrar un punto geográfico de un atlas y localizar su posición; bahías, ríos, cordilleras, desiertos, ciudades, pueblos, penínsulas, golfos, mesetas... e islas, mi pequeño vicio geográfico y sentimental. El atlas que solíamos usar era una edición inglesa de 1955, avalada por la Sociedad Cartográfica Británica y que mi tío Celso me regaló un día que su petrolero atracó en Bilbao. Tenía para un par de días de permiso, así que decidió que era una buena idea visitar a su cuñada y al esposo de su cuñada, mi padre, a quien el tío Celso observaba desde la mofa y la compasión.

—Le he traído un atlas a Sera. Me dijo Poli que le encantan, así que he cogido este de la biblioteca del barco. Es inglés.

—Si es inglés no falla —dijo mi padre, con el atlas en las manos—. Por algo escogieron Bilbao y no Ferrol para hacer negocios.

—De Ferrol los largamos a patadas, Estanis. Fue así como llegaron hasta aquí. Pero no para hacer negocios, sino para chuparle la sangre a media España, que es la que trabajó en Altos Hornos y en los astilleros. Si el capital hubiera sido nacional, otro gallo habría cantado.

—Sí, el del corral de la Pacheca. Bastante teníais entonces los españoles con intentar llenar el plato de habas. Pura miseria. Como para pensar en invertir en la fabricación de acero.

Mi madre apareció en el momento oportuno. Había escuchado la conversación desde la cocina y, poniéndose en medio, quitó el atlas de las manos de mi padre. Después se acercó a mi lado y comenzamos a ojearlo juntos. La primera página que apareció ante nosotros fue la de las islas Azores. La toponimia mantenía los usos locales. Los nombres de las islas, siete jardines sobre fondo azul y coordenadas negras, fueron desplegando su magia ante mis ojos; Sao Miguel, Santa María, Terceira, Pico, Faial, Sao Jorge, Graciosa, Flores y Corvo. Mi madre pasó algunas páginas y otro archipiélago cayó ante mis ojos. Las islas parecían ostras y en su interior las lagunas se cargaban de perlas. Era el archipiélago de las Tubuai. Decenas de nombres extraños desfilaron ante mi mirada hipnotizada; Raivavae, Morotiri, Rurutu, Rapa, Rimatara...

Al cabo de diez años, al cumplir veintitrés, pensaba que no había accidente geográfico o núcleo de población que no conociera, al menos en los atlas con una escala inferior a uno tres millones. Pero Edurne quiso demostrar que eso no era cierto. Me senté junto a ella y me cubrió con una toalla. Nos besamos. En verano los besos saben el doble que en otoño, y cuando te sientes feliz, el triple que cualquier día de verano. Miles de unidades de sabor en aquel beso que hizo que me enamorara aún más de ella. La piel se me puso de gallina, acaricié su cuello y en las yemas de mis dedos sentí felicidad y deseo.

—Ten cuidado —dijo—. Vas a mojar el atlas.

—Ya está viejo. Tendremos que pedirle al tío Celso que nos lo actualice.

—Ya lo he hecho, ayer mismo.

El tío Celso la adoraba. Tenía dos hijos pero siempre lamentó no haber tenido una hija. Además, en Astorga, donde nacieron los padres de Edurne, vivía una tía suya a la que tenía en gran estima. Y si no, se habría inventado cualquier historia. El caso es que mi chica podía pedirle cualquier cosa y él no se la negaría.

—¿Y qué te ha dicho?

—Nada, pero esta mañana ha venido a casa y me lo ha dado.

—¿Un atlas nuevo?

—Una edición del año pasado.

—¿Qué escala tiene?

—La misma que este, y también está avalado por los ingleses.

Me apartó de su lado con picardía. Vi que en su rostro había una sonrisa especial. Estaba a punto de cumplir su promesa. Llevaba un año esperando ese momento.

—Katina.

Guardé silencio.

—Katina.

Su sonrisa y su rostro se iluminaron. Estaba vengándose. Me pareció la mujer más bonita del universo.

—¿No sabes dónde está, Livingstone?

Traté de dar una raíz geográfica a ese nombre, unirlo con algún idioma, un paisaje, un trozo de historia. Sabía muy bien que era una isla. Pero ¿dónde? ¿Solitaria o formando parte de algún archipiélago? ¿En el mar, en un río, en un lago? ¿Katina en el Pacífico, Katina en el Índico, Katina en el Báltico?

—¿Te rindes? —dijo, acercando sus labios a los míos, pero sin llegar a rozarlos.

—Ni lo sueñes. ¿Qué apuestas a que acabo adivinándolo?

—El atlas no, desde luego, porque tu tío Celso ha dicho que tú ya tienes uno y que este es para mí. Es tu honra geográfica lo único que está en juego.

—Si lo adivino hacemos el amor.

—Ya veremos.

—Katina —dije, confirmando el objeto de búsqueda. Afirmó con la cabeza.

—¿Estás segura?

—Claro, pero tengo tantos nombres de islas que no conoces como días tiene un año.

—De hacer el amor, digo.

La casa familiar de los Gandiaga Rivas en Ferrol, con el omnipresente recuerdo de mi bisabuela Polo y el más discreto de mi bisabuelo Manuel, era una construcción de finales del siglo XIX; sótano, bodega, dos plantas y las buhardillas, además de un amplio jardín donde media docena de esbeltos magnolios y dos palmeras redondeaban el aire señorial de la residencia. Miraba a la ría desde un pequeño altozano y pertenecía a la familia de mi madre desde 1890, pocos años después de que mi bisabuelo, Manuel Gandiaga, llegara a Ferrol proveniente de Bilbao y se casara con mi bisabuela, Apolonia Rivas. La edificó un indiano que murió sin descendencia y con muchas deudas. La casa salió a subasta y los Gandiaga Rivas no desaprovecharon la ocasión. Una operación inmobiliaria que, como muchos otros asuntos, alimentaba las discusiones entre mi padre y el tío Celso. Eso cuando mi padre iba a Galicia, algo que sucedía en muy contadas ocasiones desde su traslado a Euskadi.

—La compró un bilbaíno con dinero bilbaíno, aunque os duela —decía mi padre, abriendo el fuego.

—La compró una mujer gallega que se casó con un bilbaíno que llegó a Ferrol huyendo de a saber qué y sin un real en la bolsa —respondía el tío Celso.

—Si mi abuela Polo os escuchara, no dudaría en cortaros la lengua a ambos —decía mi madre.

—Tal vez lo haga yo misma si no se callan —redondeaba mi tía Poli, la mujer del tío Celso.

Ese verano, la casa se llenó de voces familiares. Mi abuela Emi, el tío Celso y la tía Poli con sus hijos Luis y Martín, las tías Concha y Paca con permiso del convento, e incluso mi tío Fran, el australiano, que había cruzado medio mundo para presentar a su mujer a la familia. Se llamaba Jenny y se habían casado hacía un

170

mes en Melbourne, pero no dieron noticia de ello hasta que aparecieron frente a la puerta de la casa, cogidos de la mano y mostrando las alianzas. Jenny estaba a punto de dar a luz.

—Lo estuvimos pensando y al final nos pareció buena idea que nuestro próximo hijo naciera en Galicia —dijo el tío Fran, atento a la severa mirada de mi abuela Emi, quien no pudo evitar una mueca de desagrado ante unas cuentas tan sencillas.

—Australia queda muy lejos —dijo, ignorando a su hijo Fran y besando a Jenny en la mejilla—. Aquí, en Ferrol, nadie tiene por qué sospechar nada.

Katina.

De Katerina. Tal vez en el mar Blanco, en memoria de alguna zarina rusa.

De Cantina. Puede que algún robinsón borracho en el Caribe.

De Chatina. Una isla coqueta y desgastada en un lugar con mucho viento.

De Cuarentena. Quién sabe si una leprosería en el golfo de Guinea.

De Catalán. A lo mejor algún comerciante tarraconense rulando por el Egeo.

Existe una ciudad llamada Katsina en Nigeria, pero no es ninguna isla y además está casi en el Sáhara. ¿Y si era una invención de Edurne? Sabía cómo pincharme y le encantaba hacerlo de vez en cuando. Pero no era el caso. El juego tenía sus normas y la honradez era una de ellas.

Pasé dos días enteros entre la biblioteca municipal y la de la Diputación intentando localizar Katina en algún mapa o enciclopedia, pero fue imposible. Además, la norma que impuso Edurne de que no podría siquiera ojear el nuevo atlas hasta que no descubriera dónde estaba, me sacaba de quicio. Opté por pedir ayuda al tío Celso, pero ni por esas. Edurne y él trabajaban en equipo.

—Te lo ha puesto complicado, Sera.

—Solo una pista —le imploré.

—Tendré que hablar con ella..., es la jefa.

—¿Tú has estado allí?

No respondió. Hacía el crucigrama del periódico en la mesa de piedra de la glorieta y esperaba a que la tía Poli le llevara el desayuno. De pronto, levantó su mirada y sonrió como si fuera un crío. A él también le gustaba nuestro juego.

—Tal vez O Negro Doniños pasó por allí para enterrar su tesoros —bromeó—. Puedes preguntar a tu abuela Emi, era su hermano.

—¿Quieres decir que Katina está en el Caribe?

La tía Poli llegó con el desayuno y una carta certificada. El tío Celso dejó a un lado el periódico, ignoró la carta y comenzó a desayunar.

—¿El Caribe? —insistí.

—No —respondió—. Ya me gustaría. Esta vez al Golfo Pérsico. No tengo ni que abrirla.

—¿Cuándo? —preguntó su mujer.

—Supongo que en dos semanas. Siempre llegan dos semanas antes, ya sabes.

No dijeron más. En dos semanas se iría para una nueva marea de seis meses. Llevaba un mes en tierra y aún le quedaba otro. No era lo esperado, pero no pude apreciar si la noticia le desagradaba o no, tampoco a la tía Poli. Nos quedamos en silencio unos segundos. El tío Celso mojó el cruasán en el café, la tía Poli se volvió a la casa y yo me largué con Edurne a bañarnos junto al castillo.

—¿Alguna idea?

—Alguna —respondí.

Ella se rió a carcajadas. Acabábamos de salir del agua y nos tostábamos al sol sobre una roca lisa y amplia, al socaire del viento. Los ojos cerrados, la dulce claridad ante los párpados y la piel caliente.

—No tienes ni idea.

—Una muy pequeña pero que me puede llevar a buen puerto —dije, tomando su mano.

—No lo creo. Esta vez te lo he puesto imposible.

—Si la recompensa es hacer el amor contigo, no hay nada imposible.

—Ya veremos.

No tenía ninguna pista. Navegué a la deriva hasta que una tarde de lluvia, cansado del monopoly y el parchís, por puro aburrimiento, fui a la salita donde siempre estaban mis tías Paca y Concha. Aún no habían comenzado a rezar el rosario, así que las pillé despiertas. Ellas me señalaron el camino. Eran las únicas de la familia que sabían latín.

—Katina significa cadena —dijo mi tía Concha, contemplándome con una mirada que oscilaba entre la paz y el letargo.

—Te equivocas, Concha, katina significa eslabón de cadena y proviene del vocablo Catena —redondeó mi tía Paca, con la misma expresión de sosiego que su hermana.

Se llevaban menos de un año y eran muy parecidas físicamente. Cualquiera las hubiera tomado como hermanas gemelas. Mi padre decía que antes de entrar en el convento tuvieron novio, añadiendo de seguido que fue el mismo y al mismo tiempo. Lo decía en Bilbao y cuando no estaba mi madre delante. Ese comentario, dicho en la casa de Ferrol, habría significado el desprecio definitivo hacia su persona. Las tías Paca y Concha eran quienes custodiaban el recuerdo de la bisabuela Polo y cualquier ofensa a ellas era un ataque al factótum familiar. Pero mi padre apenas se acercaba ya a Galicia. Suspiraba por quedarse a solas en Bilbao, trabajando en la papelería que montó tras el despido de la naviera y alternando con su cuadrilla por los bares de Deusto. En agosto cerraba la tienda y ese año se largaba al Baztán, al caserío de un amigo. Mi madre y yo, en cambio, no perdonábamos ningún verano, y siempre de tres meses.

—¿Sabéis de alguna isla que se llame así? —les pregunté.

Negaron a la vez, pero me dieron una opinión definitiva.

—Con ese nombre es posible que esté en el Mediterráneo.

Al día siguiente, temprano, Edurne fue con el tío Celso y sus hijos a visitar la costa de Lugo. Era una excursión planeada hacía días e incluía pasar una noche en Ribadeo, pero yo fingí cierto malestar estomacal y logré quedarme en casa. Tal vez ese espacio de tiempo fuera suficiente para desvelar la localización de Katina. El premio valía mucho más que dos días en Lugo. Hacer el amor con Edurne, hacerlo ambos por primera vez, iba a ser maravilloso. En cuanto logré quedarme a solas junto al teléfono llamé a un amigo que trabajaba en la Capitanía Marítima de La Coruña.

—¿Tenéis mapas del Mediterráneo?

—Claro.

—¿A qué escala?

—La mayor es uno veinticinco mil.

—Perfecto. ¿Puedo pasar por allí a echarles un vistazo?

—Cuando quieras, yo entro a trabajar en media hora.

—Busco la isla de Katina. ¿Te suena de algo?

—No. Jamás he oído ese nombre, pero así de primeras me sabe a norte. Suena más a Báltico o a mar Blanco que a Mediterráneo.

Antes de ir a la estación de autobuses pensé que sería buena idea llevar una cámara de fotos. Si localizaba la isla podría adornar mi triunfo con una ampliación enmarcada. Se la regalaría a Edurne, le diría cuánto la amaba y después haríamos el amor. Más tarde, tal vez al año próximo, si ahorrábamos lo suficiente, podríamos viajar hasta Katina y caminar por ella para encontrar rincones donde bañarnos y amarnos el doble, incluso el triple si íbamos en verano.

Fui a la cocina y pregunté a mi madre y a la tía Poli si había alguna cámara de fotos en casa.

—¿No estabas tan enfermo?

—Ya no. ¿Sabéis si hay alguna cámara en casa?

—La de tu tío Celso. A Lugo se han llevado la de tu primo Luis. Mira en su mesilla, tiene que estar ahí.

No se la había llevado. Volví a la cocina y le dije a la tía Poli que la cogía prestada.

—¿Para qué la quieres?

—Para nada malo. Me voy a Coruña, volveré a la noche, gracias, hasta luego, un beso, os quiero...

Era la persona más feliz del mundo. Quienes me vieron ese día camino de la estación de autobuses pueden confirmarlo.

Aquella sala de mapas era un templo. Techos altos, amplios ventanales arqueados y una gran mesa de madera en el centro. Adosados a las paredes laterales se extendían dos enormes armarios que contenían cientos de cajones.

—Aquí está el mundo —dijo mi amigo, extendiendo los brazos, como si fuera el dueño.

—No hay problema en que esté aquí, ¿verdad? —pregunté, ante las puertas abiertas de la sala.

—¿Por qué iba a haberlo? Eres mi amigo y quieres consultar algunos mapas, ¿no? Entonces este es el mejor lugar posible.

Por algún motivo que desconocía, la idea de que estaba a punto de desvelar el secreto de Katina y exhibir mi triunfo ante Edurne, no me resultó agradable. Pensé que descubrir aquella isla, que en apenas unos pocos días había alcanzado el grado de jardín del edén, la condenaría a esfumarse para siempre. A ella y a lo que significaba para nosotros. Mi amigo debió de percibir mi indecisión.

—¿Vas a pasar o no?

Mi ansia por descubrir dónde se encontraba Katina, y gozar del tesoro que me esperaba, pesó más que aquella aprehensión pasajera. Entré en la sala y mi amigo me dirigió frente al archivo que guardaba los mapas del Mediterráneo.

—Dices que es una isla que se llama Katina y que es más bien pequeña. También que significa eslabón de cadena, pero también podría ser cadena, sin más.

—Eso es.

—Entonces puede que forme parte de algún archipiélago. Tal vez uniendo dos islas mayores, pero también puede ser la mayor de una serie de islas menores, o una isla alargada. Incluso puede que tome su nombre de alguna leyenda o de alguna peculiaridad de la isla misma. No sé, hay muchas posibilidades y el Mediterráneo es más extenso de lo que parece. Empezaremos con las cartas de escala uno cien mil y si no encontramos nada pasamos a las de uno veinticinco mil, pero te advierto que en esa escala o te quedas miope o como Don Quijote.

—En España no está y en Marruecos tampoco —dije, con total seguridad—. En Francia no lo creo, tal vez por la zona de Bretaña y Normandía, pero lo dudo. Pienso que más bien tiene que estar en el Mediterráneo oriental, aunque también tendremos que explorar Italia, Túnez, Argelia y Libia. Incluso podría andar por el mar Negro.

Mi amigo sonrió.

—Las islas no andan, Sera.

Comenzó a abrir cajones y a desplegar cartas de navegación sobre la mesa. Se puso a mi lado y volvió a sonreír.

—¿No te parecen una maravilla?

—Lo son.

—La reproducción más fiel y pasional que el hombre haya realizado nunca del planeta en el que vive. Pero también un retrato del propio hombre.

Fidelidad y pasión. Me vi reflejado en ambos términos. Nos miramos a los ojos, los suyos brillaban y los míos también, pero de otro modo. Le envidié. Por un momento pensé en no regresar a Bilbao y quedarme en Galicia para estudiar náutica. Acababa de finalizar la formación profesional en la rama de administrativo y lo que me esperaba era comenzar a trabajar con mi padre en la papelería.

—Los mapas son un retrato del desvanecimiento de nuestros sueños. Cuanto más modernos, más inhumanos se vuelven. Ya no hay espacios en blanco, ni ballenas que parecen monstruos alienígenas, ni angelotes soplando en una esquina, ni mucho menos rosas de los vientos. Ya no existe una Terra Incógnita.

—Katina —le respondí.

—Katina, claro. Pero no creo que la encuentres en esa carta. Por ahí sólo hay unos pocos islotes aislados.

Navegamos sin éxito a lo largo de Sicilia, Cerdeña y toda la península Itálica. Mi amigo volvió a los archivos.

—¿Puede ser un término griego? —preguntó.

—Según la santa Iglesia católica, que en mi casa es doble e infalible, es latín.

—Vale, entonces nos olvidamos del Egeo por el momento. Tal vez por las costas de Turquía y Siria. Ya sabes, los cruzados anduvieron por esa zona encadenando infieles y saqueando ciudades.

Costeamos Argelia, Túnez, Libia y la costa egipcia. Después Palestina, Israel, Líbano y Siria. Visitamos Chipre, navegamos frente a Turquía y cruzamos el Bósforo para recorrer todo el perímetro del mar Negro, incluso navegamos unos cientos de kilómetros siguiendo el curso del Danubio, pero Katina permaneció oculta. Habían pasado dos horas. Tal vez era el momento de echar un vistazo al Egeo y sus miles de islas, tal vez mis tías no eran infalibles.

—Van a dar las tres —le dije—. ¿Salimos a comer algo?

—No hasta que la encontremos. Katina. Es un nombre precioso, incluso para una mujer.

Volvió a enredar en los archivos y extendió sobre la mesa una nueva carta.

—A todo esto, ¿qué tal con tu novia?

—De maravilla —respondí, inclinado sobre las islas Jónicas—. Me tiene loquito, macho. Además, he logrado que mi familia acceda a que pase un par de semanas en casa. El sábado que viene hacemos una fiesta de disfraces en Ferrol y después nos vamos de mariscada. Estaría bien que vinieras, así te la presento. Y por dinero no te preocupes, que paga mi tío Celso.

Navegamos hacia la península del Peloponeso, bajamos hasta Creta y después nos internamos en el Egeo. Un laberinto que me hizo atisbar el origen de algunas tragedias griegas.

—Perfecto. Yo voy de vikingo. Estuve en las Torres de Catoira el año pasado y me agencié todo el equipo. ¿Vosotros?

—Yo creo que iré de explorador, mi tío Celso me ha dejado un salacot y un rifle viejo. Edurne, de Cruella de Vil.

Entonces, una de sus manos se posó sobre mi espalda y la otra, cerrada en puño, se alzó victoriosa.

—¡Dalmacia! —exclamó—. ¡La costa dálmata!

180

Se volvió al archivo con decisión y al cabo de unos minutos desplegó una serie de cartas.

—Primero uno cien mil, y si no queda más remedio las de uno veinticinco mil —dijo, ordenando las cartas—. Comenzamos desde Dubrovnik y subimos hacia el norte, pero estate muy atento porque hay islas a patadas.

La costa dálmata comenzó a desfilar ante nuestros ojos. Entonces recordé las palabras de Edurne: tantas islas que no conocía como días tiene el año; Lopud, Bisevo, Obonjan, Kakan, Gangaro, Lavsa, Sit... y, por fin, Katina.

La isla apareció ante mis ojos como una perla que oscilara entre las fauces de dos islas mayores, largas como serpientes, llamadas Dugi Otok y Kornati. Debería haber dado botes de alegría, pero la certeza de que una isla tan pequeña como Katina no podía figurar en un atlas de escala uno tres millones me llevaba a la certeza de que Edurne no había jugado limpio.

—Tiene la forma de un perro que avanza mirando hacia atrás, como si le persiguiera alguien —comentó mi amigo—. Saca la foto y nos vamos. En veinte minutos dan las ocho, hora de cierre. Hemos triunfado, Sera. ¿Lo celebramos con un par de cervezas?

La luz del sol ya incidía en la zona de la sala más alejada de los ventanales. Coloqué la carta en el suelo e hice tres fotografías. Vi que la cámara tenía macro, con lo que pude acercarme y tirar tres fotos más, hasta acabar el carrete. Katina. Ya te tengo, pensé. En ningún momento imaginé que sería al revés, que iba a estar atado a esa isla durante el resto de mi vida.

Al día siguiente de desvelar el secreto de Katina volví a Bilbao con el corazón y el alma en pedazos. La congoja me invadía a cada momento y sólo la rabia lograba apartarla, pero entonces me precipitaba en el rencor y el rencor me arrojaba de nuevo a la congoja. No tenía escapatoria. Permanecí en ese estado durante tres días. Mi padre estaba en Navarra. La soledad y tristeza de aquel piso de Deusto era toda para mí.

–Me imagino que ya estarán. Nueve por doce y a sangre, ¿verdad?

Era un servicio de revelado en una hora y había entregado el carrete en cuanto levantaron la persiana. Le entregué el albarán. La dependienta abrió un cajón y extrajo un sobre que depositó sobre el mostrador. Si me hubiera dicho que el laboratorio había ardido, o que los líquidos de revelado estaban caducados, o que el fijador no fijó los negativos, mi vida, ahora, sería distinta. Me habría dado un carrete a cambio y listo, porque lo que me entregó en aquel sobre fue un hierro al rojo vivo.

–Si vas a ampliar alguna a mayor tamaño tendrás que esperar al viernes, las copias grandes las mandamos a un laboratorio de Coruña. Pero si quieres en blanco y negro te las hacemos aquí mismo y al tamaño que quieras.

A Katina la quería en color, tamaño dieciocho por veinticuatro centímetros y con marco de madera, para regalársela a Edurne. Escogería con calma entre la media docena de tomas que saqué y volvería al día siguiente. Pero entonces recordé que el tío Celso vino una mañana a bañarse con nosotros a San Felipe y que nos sacamos una fotografía los tres juntos, con la cámara apoyada sobre una roca. Le daría una sorpresa si la ampliaba en blanco y negro y se la regalaba esa misma noche, durante la cena. Supuse que la copia estaría en el sobre, pero me equivoqué. En cuanto las vi, aquellas copias se me cayeron de las manos. No eran para mí. Oí que la mujer decía algo, pero no la escuchaba. Las copias se habían escurrido sobre el mostrador. Vi que la mujer las recogía con rapidez, volvía a meterlas en el sobre y me lo entregaba. Mi mano se movió y recogió el sobre. Miré a la mujer, su rostro estaba crispado, pero fui incapaz de pronunciar una sola palabra.

—Lárgate de aquí, hermanito.

Esa fue la primera vez que oí hablar a mi hermano, pero no me sorprendió. En realidad me pareció que había estado esperándole todo este tiempo y que por fin aparecía. Tenía una voz algo áspera y una entonación acelerada.

—Será mejor que te vuelvas a Bilbao. Al menos allí estaremos solos y podrás llorar a gusto.

Ante mi madre puse cualquier excusa, tan absurda que no comprendió nada. Nadie en la casa lo hizo, pero era totalmente necesario que me marchara antes de que aparecieran Edurne y el tío Celso. Me fui de Ferrol en el primer autobús que se largaba de la ciudad. Bajé en León y cambié de vehículo, después paré en Burgos y también en Vitoria, pero no recuerdo mucho más. Supongo que en algún momento crucé junto a Astorga, incluso puede que el autobús hiciera parada allí. No lo recuerdo. El paisaje, la gente, el tráfico, el chófer, todo era transparente. Cuando llegué a Bilbao llamé a Ferrol. Respondió mi tía Poli y al escuchar su voz sentí una tremenda tristeza, por ella y por mí. El mundo está lleno de hijos de puta que disfrutan riéndose de los débiles, pero no podía decirle eso, no podía decirle nada. A punto de echarme a llorar le rogué que me pasara con mi madre, pero respondió que había salido.

—Entonces dile que he llegado, que estoy bien y que no me moveré de casa, pero que no descolgaré el teléfono durante unos días.

—¡Sera, por Dios! ¿Qué es lo que ocurre? Estamos todos muy preocupados.

—Sera, dilo mil veces. Fin, dilo otras mil. Serafín, dilo sólo una vez. Ese es tu nombre, no lo olvides. Y ahora sal a dar un paseo y a olvidarte de todo por un rato. Llevas aquí tres días y ahí afuera están de fiesta. La Semana Grande, hermanito.

Me acostumbré a escucharle y a obedecerle. Acabé haciendo todo lo que él decía.

—Esta noche toca La Polla Records en la plaza Nueva. Seguro que encuentras a alguno de tus colegas por el Casco Viejo. Y si no ves a nadie, vas solo, te mamas y acabas la noche haciéndote una paja en alguna de las escaleras de la ría. Esa tía era una zorra, hermanito, como casi todas. Tú al menos has tenido la oportunidad de verlo con tus propios ojos, otros no tienen esa suerte.

En algunas fotos aparecía tumbada de espaldas, en otras de costado, pero lo que más abundaba era la pose de frente y con las piernas bien abiertas. Sólo en una aparecía con el tío Celso; ella desnuda y apoyando la cabeza sobre su hombro; él vestido y tocándole las tetas; ambos mirando a la cámara, es decir, a mí.

—Tíralas a la ría y punto.

Pensé en meterlas en un sobre y enviarlas a Ferrol, a nombre de la tía Poli.

—Olvídalo, joderías la vida a mucha gente.

Lo que más me atormentaba era el motivo. El por qué una chica de veintiún años puede liarse con un hombre de cincuenta y cinco. No lograba explicármelo.

—Si lo adivino hacemos el amor.

—Ya veremos.

Me guardé las fotos de Katina e hice pedazos el porno. Lo tiré a la ría, a la altura de la cervecera de Deusto, frente a las gradas de los astilleros, para que lo enganchara algún mercante recién botado y se lo llevara bien lejos. Después continué caminando hacia el ayuntamiento. Pensé en la tía Poli, en que tal vez para ella lo ocurrido no significara ninguna novedad. Siempre permanecía distante respecto a su marido, también él respecto a ella, como si desearan con fervor que el siguiente embarque llegara cuanto antes y fuera lo más dilatado y lejano posible.

—La Polla toca a las once y de teloneros van unos que se llaman Escorbuto. Mucha caña. Tienes una hora para emborracharte por Iturribide.

Al pasar frente a la universidad ya se escuchaba el jaleo del Arenal. La noche estaba despejada y soplaba una ligera brisa de tierra. Un buque de la naviera Pinillos estaba atracado en los muelles, junto al puente de Deusto. Mi padre trabajó de contable en esa naviera. Después lo prejubilaron y con la indemnización montó la papelería en una lonja que compró cerca de casa. El barco, en cambio, continuaba navegando.

—Si lo adivino hacemos el amor.

—Ya veremos.

¿Cuánto vino puede caber en el cuerpo de un joven de veintitrés años? Si es proporcional a su inseguridad, con un litro se llena. Si equivale a sus miedos será litro y medio. En cambio, si ese joven acaba de vivir una experiencia traumática y aún está conmocionado, es fácil que le quepan dos litros. Si tiene suerte logrará recostarse en algún portal, vomitar y dormir la mona hasta el día siguiente, si no, le puede ocurrir cualquier cosa.

Yo no alcancé ningún portal, tampoco el concierto de la plaza Nueva. Comencé a recorrer las Siete Calles en medio de la multitud y la música de los bares, empujando, siendo empujado y cayendo al suelo una y otra vez, hasta que al final desemboqué en la ría, junto al mercado de la Ribera. Me asomé a la barandilla. La marea estaba muy baja, dejando al aire los fangos y el olor a mierda. Vomité en medio de fuertes arcadas. De pronto, un hombre me sujetó del brazo.

—No lo hagas —dijo.

Me lo quité de encima con un movimiento rápido. Retrocedí unos pasos, me tambaleé y caí al suelo.

—Qué cojones... ¿Hacer qué?

—Tirarte. No merece la pena. Si quieres largarte de este mundo yo tengo otros medios.

—¿Tirarme? Tú estás loco, tío, vete a tomar por saco. Estaba echando la raba.

—Tengo santaclaras.

—Y yo a la Santa Compaña.

—Te he visto dar tumbos por las calles.

—¿Quién cojones eres?

Unos cuarenta años, tal vez más. Tenía acento extranjero. Guardó silencio unos instantes, como si meditara su respuesta. Me puse en pie y me coloqué a un par de metros de él.

—Te diré la verdad. Necesito dinero porque estoy

de viaje y me he quedado pelado. Ando vendiendo santaclaras.

−¿Qué coño es eso?

−Tripis.

−Paso de tripis.

−Ya estás en uno, tal vez estos te vuelvan a bajar al suelo.

Dudé. Si dos litros de vino peleón en Iturribide no habían servido para hacerme olvidar, puede que esas santaclaras borraran de un soplido la imagen de Edurne abierta de patas y el tío Celso haciendo clic.

−¿De dónde eres? −le pregunté.

−De Ancona, en Italia. Me llamo Stefano Castiella, con dos eles −dijo, tendiendo una mano que acepté con recelo−. Y no pienses que me dedico a vender ácidos. En realidad soy historiador.

−No tienes ninguna pinta, te lo aseguro. ¿Cómo es que hablas tan bien el castellano?

−Viví unos años en Madrid.

Hicimos una pausa en la conversación porque me entraron náuseas y tuve que vomitar de nuevo, asomado a la barandilla. El hombre me sujetó por los brazos y yo le dejé hacerlo. Había algo inocente en él que me llamó la atención.

−Eres muy mayor como para pedir ayuda a un crío de mi edad, sólo tengo veintitrés años −le dije.

−Algunos aún no estáis malogrados del todo.

−Ya, por eso me quieres vender un tripi.

−Si son dos mejor que mejor, aún os queda juerga en Bilbao.

—Has dicho que eres historiador, ¿verdad?

—Exacto. Licenciado por la Universidad de Milán. Incluso comencé el doctorado, pero tuve que dejarlo.

—¿Por qué?

—Por muchos motivos, pero el caso es que ahora me vuelvo a Italia, a Ancona. Mi madre está a punto de morir y con lo que herede podré vivir tranquilo en algún lugar barato. Pero en estos momentos estoy sin dinero. Si me compras un par de santaclaras nos hacemos un favor y ambos podremos seguir viajando.

No era mala idea, en cierto modo la única que tenía a mano en aquel momento. ¿Por qué no comerme un par de ácidos y comprobar si también en Júpiter y en Saturno vivían personas parecidas a Edurne y al tío Celso? Si era así, podría respirar tranquilo al comprobar que la vileza era un estado aceptado universalmente, como las leyes de la física, y el mío no era un caso especial. De todos modos, y por simple diversión, como si encontrara un nuevo compañero de juegos geográficos, le dije que le compraría un par de santaclaras si lograba responder correctamente a una pregunta que, en cierto modo, tenía que ver con la historia. Él dijo que adelante.

—¿Dónde se encuentra la isla de Katina?

Introdujo una mano en un bolsillo y sacó una cajita de metal. La abrió y extrajo un par de cartoncitos blancos. Me pidió que abriera la mano y los depositó sobre ella. Eran dos cuadrados de papel de no más de un centímetro de lado y con la diminuta figura de una virgen en el centro. La virgen vestía de amarillo y su corona parecía una bombilla.

—Cinco mil pesetas los dos. Excelente precio por viajar en primera. Ácidos recién traídos de Ámsterdam. La isla de Katina se encuentra en el mar Adriático. En concreto en la costa dálmata, en el *aquatorio* de Zadar, entre dos islas mayores llamadas Dugi Otok y Kornati, o isola Grossa e isola Coronata, tal y como fueron conocidas durante los tiempos en que Dalmacia formó parte de la República veneciana. Como su nombre indica, Katina es el eslabón entre ambas islas.

Debió percibir con claridad mi sorpresa, porque se hinchó un poco. Le dije que al menos esa lección se la aprendió bien. Me rasqué los bolsillos, aunque ya sabía que no encontraría más de trescientas pesetas.

—Tengo que ir a un cajero automático y los del Casco Viejo los han quemado todos. No me va a quedar más remedio que buscar alguno en la Gran Vía.

Por el camino continuó hablándome de Katina. Me dijo que unos dos mil años atrás no era una isla, sino un istmo entre Dugi Otok y Kornati, y que los romanos la conocían muy bien porque en los alrededores se halló una villa y un vivero romanos.

—Ítaca no queda mucho más al sur, así que es posible que hasta Ulises recalara allí en su camino de vuelta a casa.

—Como tú en Bilbao camino de Ancona.

—Más o menos, con la sutil diferencia de que Ulises era rey y no vendía tripis, sino que se los comía.

La época veneciana fue una de las partes de la carrera que más me gustaron. Mi familia se trasladó de Mallorca a Venecia en el siglo XV. Eran judíos y excelentes cartógrafos. Alguno de ellos debió de ser especialmente perspicaz, o tenía informaciones geográficas que otros no manejaban, y realizó un atlas que le abrió las puertas de muchos palacios y gabinetes de Venecia. De ahí arrancó la pequeña fortuna de la familia. Esa a la que ahora espero poder hincar el diente en cuanto fallezca mi madre.

Llegamos a la plaza Circular y encontramos un cajero que aún no habían quemado. Le pedí que esperara fuera, saqué dinero y le pagué. En el reloj de la Caja de Ahorros vi que ya eran las cinco y media de la mañana. Faltaba muy poco para que amaneciera. Edurne y el tío Celso debían desaparecer del todo. Saqué el plástico donde guardé las santaclaras. Salivé un poco, las metí en la boca y dejé que permanecieran unos segundos sobre mi lengua, después las tragué.

—Bien, el mundo es todo tuyo. Aquí nos despedimos.

—Eso parece —respondí.

—Sólo una cosa más. ¿Por qué me has preguntado por Katina?

—Simple curiosidad.

—¿Has estado allí?

—Nunca

—¿Y en Dalmacia?

—Tampoco.

—Pues si algún día viajas hasta allí, seguro que esa

tierra te engancha por dentro, ya lo creo —dijo, con una sonrisa indescifrable.

Después se despidió, comenzó a silbar y se fue caminando hacia Ancona.

No sé cuándo me senté en este sofá frente a la ventana. Sé que lo hice porque estoy en él, pero es posible que me sentara alguien.

—Yo lo hice, hermanito. Fue hace tiempo. ¿Te digo todo lo que no recuerdas?

Me levanté y aparté las cortinas. El día comenzaba nublado y oscuro, tal vez ya fuera invierno.

—Tras pagar a aquel hombre, y comerte los ácidos, volviste a bajar hacia el Arenal, pero te cruzaste con una chica, dejaste unos metros de distancia y comenzaste a seguirla. Estabas muy excitado, vaya que sí. La chica no era nada del otro mundo, pero era una chica y con eso te bastaba. La seguiste e intentaste violarla en unas escaleras apartadas del barrio de Matiko. Ella se resistió, peleasteis y acabó cayendo escaleras abajo. En la caída se rompió el cuello y murió.

Si asomo medio cuerpo por la ventana se puede ver el canal de Deusto, los barcos, las grúas y el muelle de la fábrica de cadenas, con eslabones del tamaño de un niño y el grosor del muslo de un hombre.

—Nadie te vio, nadie prestó atención a los gritos de la chica. A esas horas los borrachos vuelven a casa y la mayoría lo hace gritando. Volviste a Iturribide y bebiste más vino. Te dije que no lo hicieras, pero me mandaste al carajo. Al cabo de una hora las santaclaras se te bajaron a los pies y te tumbaron. Cuando despertaste, tirado en el suelo bajo el pórtico de la catedral, era la tarde del día siguiente, pero tú no tenías claro ni el tiempo ni el espacio. Te cogí de la mano y te dejaste. Cuando cruzamos frente al café Boulevard vimos el tumulto. Un grupo de personas perseguía a un hombre que correteaba a cuatro patas. Estaban furiosos y gritaban. El hombre cayó al suelo y la multitud comenzó a coserlo a patadas. Eran la cinco de la tarde y el Arenal estaba a reventar. Nadie movió un dedo por él, tú tampoco. Ni siquiera llegaste a pensarlo.

Mirando hacia el norte la vista se encuentra con más edificios de viviendas y la figura del monte Banderas ocultando el horizonte. Sera, sin fin, ese es mi nombre.

—No puedes negar que la suerte estuvo de tu lado. Ya nada malo puede sucederte, ha pasado el tiempo y todo eso está olvidado. Los días han caído sobre ti como un desierto de escuadra y cartabón. Ni siquiera sabes quién eres, ni dónde estás. Esto es lo que tienes, mucho más de lo que mereces.

Una familia con sílabas mutiladas.

—Y ahora te lavas la cara y las manos y bajas a abrir la papelería, que van a dar las nueve.

Si uno mira hacia abajo ve una mierda de plaza sin árboles, repleta de pintadas, carteles, gritos de odio y retratos en blanco y negro. He crecido con esa vista. Y una vez crecido, cuando nada parece haber cambiado, puedo afirmar que es el paisaje más cruel de cuantos he conocido.

Últimos títulos